杯酒敬岁月

阿敏 著

中国出版集团
研究出版社

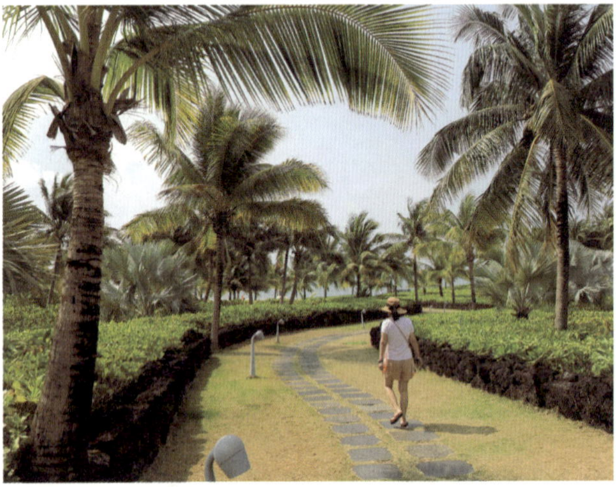

春雨惊春清谷天,
夏满芒夏暑相连。
秋处露秋寒霜降,
冬雪雪冬小大寒。

目录

聆听自己能听到的一切

◇ 立春

立春 / 20
新年的礼花 / 22
牛年祝福 / 24
听海 / 25
黄牛颂 / 26
数着辞旧迎新 / 27
春颂（一）/ 28
春颂（二）/ 29
二月二龙抬头 / 30

◇ 雨水

飘雪飘来的诗文 / 34
寻春 / 35
北归的大雁 / 36
玉兰开了 / 38
布谷鸟叫了 / 39
冰正在消融 / 40
冰与水 / 41
夜之絮语 / 42
阳春三月 / 43
相约人生一起走 / 44

◇ 惊蛰

春柳 / 48
春的行踪 / 50
献给妈妈 / 51
惊蛰的随笔 / 54
送你一朵花 / 55
听见 / 56
春把你放进它的风景 / 57
春雷 / 58
写在"三八节"前夕 / 59
春天里的号角 / 60

◇ 春分

春茶 / 64
海棠又开了 / 66
四月飞雪 / 67
昨天与今天的絮语 / 68
睡前的文字 / 69
老树·巢 / 70
海边情思 / 71
寒流中的丁香 / 72
春风说着春天的故事 / 73
我心就是画师 / 75

◇ 清明

　海棠姑娘 / 78
　清明时的心境 / 79
　清明的雨和艳阳 / 80
　白薯的另一种样子 / 81
　夜深了 / 82
　纪念一位长者 / 83
　怀念妈妈 / 85
　父亲走了 / 86
　2020 战新冠有感 / 89

◇ 谷雨

　又见丁香 / 92
　不用给花写诗 / 93
　风筝与线 / 95
　时间像飞 / 96
　我的未名情节 / 98
　听春 / 100
　雨后即景 / 102
　和你在一起 / 103
　致敬我的同事 / 104

◇ 立夏

　又回未名湖 / 108
　5·12 的文字 / 110
　母情节感怀 / 112
　我爱你 / 114
　劳动给你尊严 / 115
　有朋自远方来 / 116
　关心天气 / 117
　月色荷塘 / 118
　雨滴在荷叶上 / 119

◇ 小满

　夏天熟了 / 122
　我和你 / 124
　五月里的月季 / 126
　给五月写首诗 / 127
　思念有形 / 128
　雨后白描的诗句 / 129
　梦想 / 130
　远望大海 / 131

◇ 芒种

端午节的思绪 / 134
给诗人 / 135
遵义的绿与红 / 136
像一匹野马的思 / 138
忆父亲 / 139
人生最美的雨夜 / 142
父亲节里话父亲 / 143
追梦岁月 / 144

◇ 夏至

荷塘看荷 / 148
清风 / 149
天地与人 / 150
星星 露珠和你 / 151
夏日絮语 / 152
去聆听荷塘的絮语 / 153
夏天的火热 / 154
夏夜喜雨 / 155

◇ 小暑

草原故事（歌词）/ 158
大海与小舟 / 160
等待 / 162
享受自己 / 163
你并非无足轻重 / 164
献给特别的你 / 165
远方的亲人 / 166
信使 / 167
心事与谁说 / 168

◇ 大暑

草原雄鹰（歌词）/ 172
夏天不同了 / 173
痴迷的诗人 / 174
盛夏 / 175
叹息 / 176
徜徉雨夜 / 177
我总是很快乐 / 178
风雨中听见你的呼唤 / 179
我的家乡有一条河 / 180

◇ 立秋

今天是新的 / 184
胜利日感念 / 185
大山 / 187
七夕今夕 / 190
春天变成了秋 / 191
清净属于戏外 / 192
岁月里有你 / 193
恰恰就好 / 194
献给祖国（歌词）/ 195

◇ 处暑

秋日观荷 / 198
想起有时候 / 199
清晨送出去的祝福 / 200
心中的诗 / 201
今天我们一起看星星 / 203
山水多情 / 204
寻找你的背影 / 205
风筝物语 / 206
咏莲 / 207

◇ 白露

写给老师 / 210
雨中即景 / 212
送福给你 / 213
又可以枕着诗歌入眠了 / 215
人心遐想 / 216
中秋夜话 / 217
只要 / 218
清晨新语 / 219

◇ 秋分

中秋月亮 / 222
秋的感怀 / 224
又到中秋 / 226
今天我们一起写诗唱歌 / 227
心中的圣山 / 229
中秋时节的一瞥一思 / 230
秋夜小诗 / 231
中秋祝福 / 232
秋天里的石榴 / 233

◇ 寒露

雁归来 / 236
触摸生活 / 237
老朋友 / 238
挂牵 / 239
心灵素描 / 240
时光送来的礼物 / 242
别管秋已深处 / 243
河边小景 / 244
故地重访 / 245

◇ 霜降

最美的秋 / 248
心与水 / 250
光影故事 / 252
记忆不能抹去 / 253
人贵修行 / 254
秋天里的问候 / 255
人间最美的风景 / 256
情谊弥足珍贵 / 257
金驼铃 / 258

◇ 立冬

冬日门槛上的张望 / 262
和秋说一声再见 / 263
霾天 / 265
等待 / 266
归家 / 267
我爱这座校园 / 268
情有多长 / 271
人民兵工 / 273
四季歌 / 275

◇ 小雪

寒冬里的生命 / 280
夜访黄姚古镇 / 281
感恩遇见 / 282
厦门金鸡节纪事 / 283
访黄姚有感 / 284
七律　登太行印象 / 285
寻找属于自己的那颗星星 / 286
时光的力量 / 287

◇ 大雪

冬日里的生命 / 290

念叨冬天的雪 / 291

夜的故事 / 293

且行且珍惜 / 294

人生驿站 / 295

写给甘肃 / 296

想念是一种乡愁 / 298

◇ 冬至

冬至随想 / 302

流动的光影 / 303

跳动的流年 / 305

诗在哪里 / 307

时光的脚步 / 309

上党啊，上党 / 311

晨曦里的心愿 / 313

月光　架起桥梁 / 314

添加了时光的酒 / 316

◇ 小寒

冬日里的树 / 320

川流不息 / 321

诗与珍珠项链 / 322

走在有历史的街道 / 323

特别的祝福给你 / 324

你走进了我 / 325

酒的自言自语 / 327

朋友是简单的 / 328

晴空下的雕像 / 330

◇ 大寒

大寒逢月圆 / 334

心怀光明 / 335

珍惜眼前人 / 336

节就该这样烟火气 / 337

烟花礼赞 / 338

年味 / 340

花开吉祥 / 341

岁月在这儿 / 342

后记

聆听自己能听到的一切

冰峰

阿敏是我的朋友，给朋友的诗集写序，自然要随意一些。我没有别的想法，唯一的奢望就是想让读者通过读我的这篇拙文，能够对作者和诗歌文本有一个粗浅的了解，并对读者赏读整部诗集有所帮助。我是一个当编辑出身的人，从八十年代的《新诗报》，九十年代的《鹿鸣》文学月刊，再到《人民文学》杂志和作家网，一路走来，几乎没有离开过编辑岗位，更没有离开过诗歌编辑的岗位。编辑出身的人，养成了一个职业习惯，就是看到文字，总喜欢挑毛拣刺或说三道四。今天既然将《杯酒敬岁月》这本诗集交给了我，吹毛求疵自然是少不了的。

读者可能注意到了，《杯酒敬岁月》的章节编排是有特点的，书稿顺序是用二十四节气的方式编排的，每个章节之首还加了凯文的节气诗词。独具匠心的文本编排，让诗歌与生活有了"对号入座"的阅读引导，也使图书的体例有了新颖别致的呈现。凯文先生对阿敏诗歌的评价是客观的，"你的作品是真情实感的流露，没有矫揉造作、无病呻吟之嫌，行文走笔很干净、流畅，没有滞涩感、用力感"。是的，阿敏的诗，平和、自然、真切、易读，没有任何的渲染和装饰，平易近人，没有"架子"。读阿敏的诗，似有清风徐来，丝雨飘过之感。我认可他的诗，一是因为他的诗飘动着一缕低调的美，二是因为他的诗具有清淡的哲学韵味。诗歌中能够沉淀出这样的晶体，是极其难能可贵的。因为，读他的诗，不涩，不累，宛如与好友一起随意品茗、轻松交谈。

我们不妨先来读一些他的诗句，感受一下这些诗句所散发出的诗歌韵味。

我养的福寿花

开了一个多月了

我把它放在诗里

作为春天的礼物

《立春》一诗，自然平和，表达了作者的诗歌观点。他把"开了一个多月"的"福寿花"，放到诗里，作为礼物献给春天，献给读者。这是作者内心的独白，也是作者敬畏自然、敬重读者的真情表露。在诗句中，作者没有使用任何"隆重"的语言和技巧，其表达的含义却清晰明了，跃然纸上。没有人读不懂，也没有人看不明白。

而《春把你放进它的风景》一诗，则从诗歌写作方向上呈现了作者的写作态度。

让笔尖带着露珠

写尽小草的娇嫩

让文字沾着色彩

写尽百花的斗妍

露珠、娇嫩，让我们想到叶子上缀满露珠的草和充满生机的绿色植物，有柔软、潮湿和很宽广的情感空地，预示着百花斗妍的未来。这首诗是借物喻情的佳作，交融、借力、附着等手段让诗歌显得平和而自然，既无斧凿痕迹，也无"吆喝"之感，自然随意之间却表达了作者对诗歌的美好期待。仔细读几遍带着"露珠"的句子，你会发现，你能闻到诗人的智慧、敏感和思考。

接下来的《不用给花写诗》一诗，则写出了作者的另外一种情感。

不用给花写诗

任何文字

在春花面前都显得苍白

花开过后

或是一场静寂

或是果实累累

  这首诗叙事简约、干净、有力。没有虚张声势的词汇，没有哗众取宠的雕饰，平静的叙述中暴露着锋芒和力量。是啊，有些事物，是没有必要刻意追捧的，花开花谢，繁华落尽，自会看到结果，何必凑一时的热闹呢？雪中送炭是做人的境界，而锦上添花则未免有点缺少诗歌的骨气。

  再看他的《冰与水》，娓娓道来的叙述，多么令人遐思万千啊。

我们同在一条河里

我们有着休戚与共的宿命

我们的不同是暂时的

这不 冬去春来

我们又不分彼此

相濡与共

  不动声色的叙述，似乎在对人性中的钩心斗角进行低调的劝勉。

  我也比较喜欢《听春》这样的清淡感觉和追求。

在明灭的星空下

放下杂念

静静聆听

聆听自己能听到的一切

现代社会的节奏是快速的，人们都是行色匆匆的过客。"放下杂念，静静聆听"已经变成了很多人的奢望。我们总是忙，忙，忙，好像每一个人都被扭曲成了机器，在不停地运转。我有时候也在问自己，什么时候能慢下来，或停下脚步，一杯闲茶，一口薄酒……聆听自己能听到的一切。可是，没有！诗中表现出的自我反省，自我控告，自我审判是诚实的，也是深刻和残酷的，具有强大的爆破性，轰炸的是人性和人的情感深处。

而《夏夜喜雨》，则浮现出一种哲学的悲悯。

如果能听懂大地的语言

那淅沥的雨声

定是一首浪漫的诗

我们仿佛听到了"淅沥的雨声"在空旷的大地上回响，万物宁静，只有雨的声音在诵读"一首浪漫的诗"，有一种说不出的伤感和失落……

《忆父亲》一诗，则又把我们带回到了一段特殊的岁月，让我们想起了单纯，也想起了美好。

小时候 村口等待

如约出现的不光有父亲

还有糖果饼干或是其他好吃的食物

《忆父亲》要告诉我们的，是如何从俗常的、习见的事物中获取诗意，诗中的"糖果饼干或是其他好吃的食物"首先让我想到的是期待、简单和美好。小时候的等待是单纯的，而我们的回忆则是复杂、纷乱的。因为，长大后的我们，已经被社会浸染，而童年，却是纯洁、干净和充满幻想的。表面是对父亲的回忆，其实是对自己幼小童年的回望，更是对自己天真烂漫岁月的一种追忆和怀念。

另外一首与乡愁有关的诗我也特别喜欢。暗香浮动的诗句，让我悠然沉醉。

一杯闲茶

一口薄酒

滋味里

都会涌来

想念的乡愁

低调的叙述，让过去的生活重新露出了暗香。作者从普通事物中扯出的情感是复杂和迂回的。"乡愁"可以覆盖想象或更深刻的地方，但"一杯闲茶"和"一口薄酒"中藏着的暗香是一种独特的"滋味"，涌来的是人人都可以感知的"乡愁"。这首诗弥漫着一种淡淡的感伤，唯其感伤，方能让读者浸润其中。

在我快速阅读《杯酒敬岁月》的书稿时，还有两行特殊的句子让我的目光戛然停顿，"不为春喜，不为冬悲"，这是多么高妙的人生境界啊，这样的哲学思考怎么能不让人感慨。作者有这样的感悟和处世高论，是难能可贵的，说明作者并不是一个没有"知觉"的人，他的诗表达了他的心境。从另一角度看，"不为春喜，不为冬悲"与"不以物喜，不以己悲"相比，前者之境界似乎更为高妙，更为适应纷纭社会。另一首《阳春三月》里的"早春三月，寒冷只是冬的伤别"，以及《雨后即景》中的"雨后的草木舒展着，炫耀着娇艳欲滴的绿"等，也都别有趣味和内涵，既是对生活的观察与咏叹，也是对现实世界的委婉批判。

其实，《杯酒敬岁月》中的好诗好句还不限于我的列举，慢慢细读，定会有深层的意蕴呈现。好在该书出版后，大家可以买来细读，相信会有更为高深的感悟，读出更为深刻的内涵。

当然，仁者见仁，智者见智，也许有人会问，如此直白、简单的诗，也算诗吗？而我也想问，什么样的诗才是诗？难道只有那些意象繁复、语言晦涩、词汇奢华、故弄玄虚、刁难读者的诗才是诗吗？2016年，我就写了一篇《非虚构诗歌宣言》的文章，阐释了我的诗歌观点。我觉得我下面的这段话，已经回答了这个问题。

我们不能让诗歌涂脂抹粉之后坐在闺房之中等待读者来宠幸，我们要让诗歌在生活中自由行走，去掉所有的装饰，放下语言的架子……凡是虚假的、虚荣的、伪装的，统统不要，好好说话，说人话，说老百姓能够听懂的话……我们不要虚构，不要装腔作势，不要故弄玄虚，不要夸大事实，不要伪装……诗歌呼吸的节奏是自然的，不是高声叫喊，不是骂人，不是喊口号，不是无病呻吟，不是呓语说梦话，也不是自言自语。我们要和这个世界有理有据地谈判，我们要说出事实的真相，而不是遮蔽与掩盖……意象和华丽的词汇是诗歌的化妆品，我们不反对为诗歌化妆，但反对抒发虚情、假情、伪情、矫情。我们鼓励使用有血有肉、有呼吸、有生命的词汇，不鼓励使用空洞的、生涩的、说教的、没有脉搏的词汇……我们反对以任何方式为难读者，制造阅读障碍。我们的诗歌是平易近人的，与读者有着同样的呼吸节奏。读者是我们的兄弟、姐妹、朋友、亲人，我们要尊重读者，始终与读者和平相处，不猜测，不争斗。我们不假装晦涩与朦胧，不制造高深莫测，我们的语言是透明的、敞亮的，并具有亲和力。我们与读者不分彼此，生活和谐美满。

阿敏不是专业作家，写诗的时间也不长，但他能够在日常工作和生活的忙碌中完成《杯酒敬岁月》这本诗集的写作，难能可贵。我们无须用苛刻的、刁难的态度对他的诗歌进行"挑毛拣刺"。从另一角度看，作为一个单位的重要管理者，能够热爱诗歌，并且出版诗集，这已经是对诗歌事业最大的支持。试想，如果社会上有更多的人能够喜欢诗歌，热爱生活，充满人文情怀，共同推动诗歌事业的发展，诗歌的天空将会变得多么明亮、辽阔和绚烂。

《毛诗序》曰:"诗者,志之所之也。在心为志,发言为诗。"我之赘言,或许只是画蛇添足而已,还请诸方家再评。

冰峰

本名赵智,曾在人民文学杂志社等单位工作,现任作家网总编辑、北京微电影产业协会会长。作品散见于《人民文学》《人民日报》《诗刊》《词刊》《中国作家》《十月》《随笔》等报刊。杂文《嘴的种类与功能》入编《大学语文》(2008年3月,北师大版)。2014年,获美国世界文化艺术学院荣誉博士学位(在秘鲁颁发)。

卜算子　立春

萧瑟忍长冬，
不见春消息。
堤上冻枝池上冰，
鸦入寒云里。

梁上燕无归，
谁解春风意。
拨破陌头残雪中，
可有短芽绿？

二十四节气诗词
友情赠题

凯文　作

立春

立 春

今天 站在了春天的门槛上
往前看
春意浓浓
花开满地

尽管今天
依然寒风清冽
晴空下
大地和河水
依然是冰冻的状态

这盆我养的福寿花
开了一个多月了
我把它放在诗里
作为春天的礼物

春天是冬的延续
它的孕育
也像母亲怀胎

立春

在温暖的地层里
春的种子
早就扎根生长了
不为春喜
不为冬悲
鲜明的四季
才是天道轮回

坐在没有回程的
时间巨轮上
更得用心地盘点
忙更该忙的事情
让你我的旅程
充实斑斓

新年的礼花

新年的礼花
随着迎新的钟声炸响
远远近近
把天空点燃成了花海

这是期盼的心声
这是辞旧的奠基礼

从此太阳将迎来新的轮回
尽管它还像平常一样地升起

在钟声里
在烟花的绽放的多姿中
送出祝福

立春

洒满了天空
愿亲人平安吉祥
愿长者长寿健康
愿孩童快乐地生长

生生不息的中华儿女
守护着源远流长的根脉
一同书写
又一个春天的故事

花开灿烂
壮怀激荡

牛年祝福

举起酒杯

向过去告别

把喜怒哀乐都一饮而尽

挺起胸

向明天

真情告白

一轮朝阳

一个新的轮回

不负心中的希望

举起酒杯

写下心中愿望

过往不必纠结

路还在脚下和远方

放下陈旧堆积

一身轻松

迎接牛年的曙光

一声声祝福

汇成磅礴的力量

牛年牛铃

叮当作响

立春

听　海

大海不光可以看
大海更可以用来听
在海边静下心来
听涛声一波一波地轰鸣
我想
那是大海的生命律动
那是大海的欢愉歌声
听海鸟欢快地飞翔
听海船马达声声
听对大海的由衷赞叹
听自己静寂下来的心动
听清风阵阵
寥阔宇空

黄牛颂

默默地

迈开坚实的脚步

一下一下

在大地里行进

土地在你的耕耘里苏醒

轮回着春种夏长秋收

不用扬鞭

埋头劳作

吃的是草

付出无穷尽的力

千百年的习性

痴心不改

寻常着默默的生活

流淌着基因里的勤恳

不论褒贬

无惧风雨

时刻应着召唤

负重前行

数着辞旧迎新

数分数秒

数现在和过往的时光

数太阳数月亮

数昨天和今天的轮回

数来自远方的牵念

数发自内心的衷肠

数 2020 远去背影

数 2021 钟声铿锵

数纯真数成熟

数世事变化沧桑

数欢笑数忧伤

数夏花冬雪春来秋往

数风情千种

数侠义柔肠

数 2020 夜幕渐隐

数 2021 黎明启航

春 颂（一）

春悄悄地爬上了柳梢

用鹅黄书写着一层朦胧

柳从冬的干涩中苏醒

带着难以察觉的羞怯

春钻进了冰层

用自己的体温

融化着坚硬的冰

那汪汪的水窝就是春的热恋

春钻进了大地

和所有将醒未醒的生命喃喃细语

春心满意足

那蓬勃的绽放和多彩多姿

就是大地回赠给春的最美的礼物

春是勤奋的

春是包容的

春是喜悦的

春是温情的

春就是你我发自内心的笑

春 颂（二）

立春

明媚着
是你给我的印象
惊喜瞥见窗外的玉兰
半树花苞
半树绽放
含羞的海棠
鼓胀了花蕾
蹑手蹑脚地来
还是惊起好大声响
更像一位艺术的巨匠
天地做画布
徐徐展开锦绣斑斓
静下心
听鸟儿欢歌
听大地回暖
听冰河开裂
听小雨如酥
听花开满园
好一曲春之声圆舞曲
激情奏响
和你相约
杨柳轻舞
波光温柔
风景一片

二月二　龙抬头

二月二
龙抬头
千年的歌谣风中柳
抖落冬的残雪
披挂春的行头
挟蕴藏之雷霆
腾无垠之苍穹
龙抬头
生命勃发的前奏
龙抬头
四季轮回的开头

立春

吆一声二月二
喝一句龙抬头
河水打破了坚冰
大地书写着葱茏
故乡拥抱着归来的倦鸟
梦中孕育着七色的彩虹
触拥春天
展开生命最顽强的歌唱

谒金门　雨水

新冷雨,

湿了花芯叶底。

无虑莺儿难解意,

还啼红绿曲。

本是江城花季,

谁误孟春梳洗。

休教雨丝多泪迹,

见说樱消息。

二十四节气诗词
友情赠题

凯文　作

雨水

飘雪飘来的诗文

雪

终于飘落

在被雪遗忘的这个城市

虽姗姗来迟

也不是很大

但春初里的落雪

还是激起了

人心头的喜悦

这是久盼后的如愿

历经

整个冬天的孕育

期望中的她

出落成标致的模样

纷扬潇洒地亲吻大地

铺就满世界的洁净

像童话般美丽

寻 春

雨水 ◆

知道你的来临

如同看见你的归去

这是大地和天空的相约

隔着夏的碧绿

秋的饱满

冬的雪衣

我知道你要到来

却迟迟看不见你的身影

你说别心急

我和你的相约是真的

终于你来了

在婆娑的柳梢上轻舞

在小草的嫩芽上歌唱

在玉兰花瓣上亭亭玉立

在迎春花里泛着金黄

你来了

阳光如母亲般温暖

天地穿起了新衣

我的心愉悦踏实

北归的大雁

这里有温暖的阳光
暂时栖身的地方
在天空中飞翔
磨炼翅膀

别人看见我的优美
看不见我淡淡的哀伤

这里不是生我养我的地方
我的故乡
在遥远的北方

故乡
念念不忘的思量
啊 故乡

这里有热情的人们
有丰富的食物营养

我要强壮翅膀
能万里翱翔
穿云破雾北归回故乡

故乡 千山万水相隔
故乡 日里梦里眺望

我想飞回故乡
回到我儿时的地方

无拘无束
一派自由

玉兰开了

猛抬头

看见了初开的玉兰

这是盼望中的春天的显现

尽管早已感觉

大地中孕育着的温暖

但玉兰和视线触碰

还是荡起了震人的波澜

春天来了

从此告别冬天

又一个四季轮回

始于脚下

我抬头

和玉兰对话良久

雨水

布谷鸟叫了

布谷鸟叫了
它的声音从远处飘来
带着空中特有的回响
该布谷了
经过冬的沉寂
温润厚实的大地
显露出勃勃生机
大地回春
杨柳抹上了一层鹅黄
院子里的丁香
也在枝头拱出了芽蕾
该布谷了
在城市的上空里
它依然发出面对大地的鸣叫
春来了
布谷鸟的叫声还真的好听

冰正在消融

冰 变薄了
它正在消融
那是春天的阳光
一点点炙烤的结果
阳光明媚了
甚至有些刺眼
一副墨镜才能使它变得柔和
站在消融着的河道边
冰静静的
可我分明感受到了冰消融的声音
消融的冰化作了水
汇成冰下的汹涌
看冰听冰
也是别样心情

冰与水

冰正在慢慢地消融

消融的冰化作了水

冰和水相互依偎着

冰里有水

水里有冰

水说谢谢你变成了冰

帮我们遮挡了寒冷

让冰下依然活跃着生命

让生命在凌寒中得到怡然与安宁

冰轻轻地对水说

如果是你在上面

也会毫不畏惧地变作冰

我们同在一条河里

我们有着休戚与共的宿命

我们的不同是暂时的

这不 冬去春来

我们又不分彼此

相濡与共

夜之絮语

侧耳倾听寂静

因为此时的夜

还没有野虫的鸣

星星不眠

点亮幽幽的天空

夜不再过分清冷

温暖心灵的

还有偶入的梦

白天构思的诗行

在夜里试着吟诵

黑暗的尽头必会相逢晨的光明

拥抱远方和诗的涌动

时节不再寒冷

春雷无声

炸碎了裹着铠甲的冰冻

尽管

世界还在疫情中煎熬

无数个你我

还惊惧着疫魔的阴影

但希望一直都在

大写的顽强和爱

终将支撑住世界

阳春三月

早春三月

乍暖还寒时节

一场细雨飘落

灰暗了天空的靓丽

寒冷了枝头早发的花朵

早春三月

寒冷只是冬的伤别

满满春意

洒落大地

早晚间万物勃发

阳春三月

大雁北归时节

云朵里回荡着无声的歌

旋律中山河苏醒

思绪绵绵

相约人生一起走

鲜花知春，红叶知秋
潇洒青春正逢好时候
一弯明月柳梢头
你我相约黄昏后
明月照 执子手
相约人生一起走
人生路 风雨同舟
家是港湾你我守候

走过了年少
皱纹上眉头
花开花谢几春秋
又见明月人如旧
冷暖相知共相守
共相守 到白头
爱的滋味没尝够
如若人生重开头
我还愿牵你的手

雨水

(副歌)
牵你的手
缘分注就
潇潇洒洒
乐而忘忧
柴米油盐亦风流
人间恩爱
天长地久

一斛珠　惊蛰

云开雾破，

啾啾归燕无多个，

清风斜雨秋千侧。

寻遍平芜，

淡草出新萼。

总待春雷催绿色，

蛰虫初醒还寂寞，

新芽欲展也羞涩。

喜有河边，

急浪流冰过。

二十四节气诗词
友情赠题

凯文　作

驚蟄

惊蛰

春　柳

你是春天里的姑娘
站在哪里
哪里就是一道风景
万千枝条
万千漂亮的发梢
一抹鹅黄
装点出生命的活泼

你是春天里的姑娘
站在哪里
哪里就有我的目光
虽没有花的妩媚
味的芬芳
但你让我想起古装戏里的青衣

惊蛰

一抹优雅胜过浓妆

你是春天里的姑娘

站在哪里

哪里就有春光

安静时

用万千个低垂向人们致意

活泼时

扭动一树的妩媚

奏起春天里的圆舞曲

春的行踪

穿行于漫长的严冬
生命被层层包裹

放眼高山河流与原野
聆听寥阔谱就的歌

春在皑皑的白雪下
春在寒冬的肆虐中

悄然地
春来了

看杨柳婆娑
那是春在跳舞
小草新绿
那是春的力量

五颜六色的花
那是春的彩妆

春的喜悦
藏在你我的心

惊蛰 ◆

献给妈妈

小时候
你把我抱在怀里
那就是我的世界
它给我安全和温暖
你的眼睛流露着欣喜
看着我
一天天地成长

会走了
你牵着我
我跟着你
开始用脚
丈量这个世界
你不时地盯着我
把我装进你的视线

少年时
伙伴们成了我的世界
满街地撒欢
整日地疯玩
你有时不得不

到处找我

喊你的儿子回家吃饭

成人了

他乡成了我的世界

你让父亲在信里的叮嘱

就成了我的乡愁

相逢时我真想抱抱你

可彼此都有些羞涩

分离时

你的一步步相送

让我不忍看你的眼窝

你病了

我不敢把病情说得太透

只想天天伺候着你

让你尽快健康

你却说

你注意休息

看你都累瘦了

惊蛰

你走的时候

我在海边工作

闭塞迟到的消息

让我的世界顷刻坍塌

慢慢地我想开了

甚至又有一丝庆幸

因为在梦中

在我的记忆里

你还是那样慈祥

笑容还是那样温暖

还是那不老的样子

惊蛰的随笔

今日惊蛰

我幻想着地球

变成了一面硕大的鼓

一对无形的大槌

敲击着鼓面

发出低沉

连绵不绝的回响

鼓声震动了

山川 河流 大江 大海

震得人

心潮起起落落

震得草木 萌动出春色

震得蛰伏已久的生命

揉开了眼睛

光明是太阳投下的金子

狂风是大地母亲的吐故纳新

哗啦啦飘着的不光是春柳

还有姑娘那垂腰的长发

春来了

擂起你心中的鼓

静听来自远处的回响

送你一朵花

惊蛰

把一朵花送给你

今天是你的节日

花中的清香就像你天然的味道

闭上眼睛

感受一种沉醉

花的娇艳

就像我的赞美

再华丽的语言

也倾诉不完我内心的情感

世界这么大

人摩肩接踵

走进我的生命

该是一种怎样的天缘

遇见了

牵手了

慢慢地变老了

一起看日出日落

一起看夜晚星光闪烁

过节了

就给你这文字编织的鲜花

因为字字句句

都是我的心写就的

听　见

听见鸟在欢叫
　不同的鸟
　不同的音调
　汇成春的絮语

听见小草破土
听见花蕾绽放
听见杨柳吐絮
听见春在生长

听见远方的思念
听见心底的呼唤
听见无声的语言
听见春色彩斑斓

春把你放进它的风景

惊蛰

也许是冬的沉寂

让人更喜悦春的来临

就像十月怀胎般祈望

春给人新生命般的狂喜

让笔尖带着露珠

写尽小草的娇嫩

让文字沾着色彩

写尽百花的斗妍

让我带着相思

在山野里漫步

在绿油油的春意里

找寻曾经的相思

春天就是一个浪漫的季节

你可以放飞想象

怡然构筑属于你的童话

你还可以望着天空发呆

让思绪追上一朵喜欢的云

春天就是这样的率真

无论你摆出怎样的姿势

春天都会接纳你

把你放进它的风景

春　雷

有一种声音
心中回响
有一种告别
恬淡忧伤
有一种梦境
浪漫无邪
有一种多彩
恣意奔涌
有一种北归
初心不改
有一种生长
自由顽强
有一种磅礴
倒海翻江
有一种痴情
地老天荒
有一种生命
诗意歌唱

写在"三八节"前夕

把希望托给太阳
让光把所有角落照亮
驱散黑暗痛苦
告别离愁忧伤

把浪漫托给月亮
让清辉洒落心房
奏响月光小夜曲
畅享遐想梦乡

把胸怀托给海洋
让包容之歌嘹亮
任由狂风巨浪
也可海波微漾

把坚强托给高山
挺起大地脊梁
熬过凄风苦雨
终会迎来晴空明朗

把善良种在心房
美好自会滋长
人间有了大爱
胜过梦中天堂

春天里的号角

春天
一股暖风扑面而来
大地正在苏醒
冰雪正在消融
一种力量正在被唤起
一幅蓝图正在绘就

春天的号角已经吹响
勃勃的斗志激奋昂扬
百花绽放不单是为了艳丽
也是为夏的生长
秋的丰收
奠定坚实的力量

做春天里的耕耘者
在汗水的挥洒中
播下希望的种子
做百花时节

惊蛰

飞舞不停的蜜蜂

莫负春的慷慨

莫负花的希冀

每一份辛勤

每一份劳作

都将化作甜蜜的收获

在春天里

坚持守正的信仰

那是一份使命与职责

在春天里

拥抱变革

拥抱创新

融入春天里的耕耘

才是新时代最美的身姿

清平乐　春分

云开雾破，

啾啾归燕无多个，

清风斜雨秋千侧。

寻遍平芜，

淡草出新萼。

总待春雷催绿色，

蛰虫初醒还寂寞，

新芽欲展也羞涩。

喜有河边，

急浪流冰过。

二十四节气诗词
友情赠题

凯文　作

春分

杯酒敬岁月
◆

春 茶

春天来了
带给我们一份礼物
那就是一个个嫩芽
一片片叶子

经过一个冬天的蕴积
小小的叶子里
带着天地的信息
和日月的灵气

不与百花争艳
恬然展示着自己的素颜
可那点点青翠
是春天里最好的故事

我喜欢春天
喜欢春天里的青茶
每一片叶子

春分

都由巧手摘得

每一片叶子

都经过火的焙炼

沸水里

它舒展着自己

翩翩起舞

用甘洌的菁华和你对话

一杯清茶

一份春意

一杯清茶

一份幽远

海棠又开了

海棠花又开了
这是春天里的约会
我来到树下
端详这花是否与去年不同
花开了
这是春天的力量
温暖唤醒了沉睡
唤起了一树的韵味

在海棠花开的时节
我愿意邀朋友一起来赏花
一杯清茶
一份心情
一份时光的咀嚼与共享
今年的海棠花又开了
边上的老故事变了模样
只能独自在花前走走
告诉朋友
花开了
我和海棠打过了招呼

四月飞雪

四月飞花
四月也飞雪
1988 年也是
四月间的飞雪
恍惚
在三十年间飞越

雪是轻舞的
落在
无可遮挡的身上
化作春天的雨水

清明时节
本就飘荡着幽思
花和雪
交杂在一起
做了完美的标配

昨天与今天的絮语

昨天有雨有风
有春天里的第一声惊雷
有人说
这是春天扯着嗓子在喊
我来了
沉湎的昏睡的
该醒了

今天的天分外地蓝
太阳分外地耀眼
扯一缕阳光在身上
安享一份和煦
一份温暖
慢慢地走在这样的阳光里
想起今天是春分今夜月亮高挂
没有云遮雾绕
圆圆的月
亮晕了多少望月的眼
今夜如此宁静
今夜接续着今天
孕育着明天
在子夜时分
思绪遇上了哲学

睡前的文字

春分

临睡前写点儿什么
就像久远前给我的孩子
讲篇小故事
文字就是这么神奇
让这一天的夜幕合上圆满

文字里有我的心情
有对朋友的惦念
在日渐网络化的今天
情义越发的珍贵

文字里有对日子的感念
一天天过去
日子越来越像在飞

春光明媚
百花次第开放的时节
一天就是一幅风景画

我们何尝不是上帝画中的人
挺起腰板
让自己好看点儿
充满精气神

老树　巢

它苍劲挺拔
屹立在风里
因为没有叶
感觉不到它的摇摆
它稳稳地
把根深扎在脚下的土地里
它热爱土地
土地给它滋养
给它生命的力
它的古朴粗壮召来了鸟
三个家族
在它的身上安家
树一定是喜欢的
鸟儿带来了飞翔
带来了活力
带来了爱情和繁衍
让城市的一角多了份原始的风景
春天的生长是急速的
老树的枝条却依旧不见新芽

海边情思

大海浩瀚宽阔
但它知道
大地是它的依托
大海派波浪为使者
亲抚它依托的土地
一朝一夕
潮起潮落
大海和土地
相互依偎
不离不弃

我愿意和你
在海边静坐
听大海涛声
有起有伏
看人来人往
日升月落
愿岁月静好
天地安详

寒流中的丁香

丁香开了
却遇见了寒流
花刚刚绽放
被打落了一地的花瓣
花瓣在地上随风舞动
追逐着行人的脚

丁香是不幸的
怒放对撞着寒流
受伤的还是花瓣
它太娇嫩了
经不起寒流的冲击
所幸的是
大多的花瓣
顽强地和树枝黏合在一起
任凭风裹挟着摇曳
它怒放着
精神不屈

春分 ◆

春风说着春天的故事

春风在寒冬里孕育

它积蓄着力量

注定会吹裂融化封冻已久的冰

春风吹暖了无垠的土地

土地在慢慢地苏醒

蕴藏的生命

打开了闸门

便变得不可阻挡

春风带来了春雨

它无私地

滋润着大地

多少物种从凋敝转向成长

汇成春天的圆舞曲

春风沐浴着春天的耕种者
心在春风里无拘地放飞
筑起彩虹般的梦
在汗水的沁润下
注定会收获丰硕的秋
春风述说着春天的故事
如同滔滔不绝的江河
确实春天的故事太过丰富
哪里没有春的传说

我心就是画师

望向窗外
望见了一片初春
这是一幅巨大的画布
我的心就是画师

小鸟在飞
活跃地在枝头跳来飞去
它吱吱呀呀地叫着
一定是为春来而欣喜

小草钻出来
露着尖尖的角
一层薄薄的绿
透着让人喜兴的魔力

玉兰早已站在春的门槛
招呼着桃花初绽
丁香吐蕾
春来就带着不可阻挡的节奏

我心就是画师
描摹一幅无价的早春图

偷声木兰花　清明

春云不似秋云老,

春意更胜秋意俏。

啼破黄莺,

山后山前桃李红。

却思先祖永荫庇,

秋绽金华春展绿。

遍染花枝,

正是长歌踏青时。

二十四节气诗词
友情赠题

凯文　作

清明

清明

海棠姑娘

海棠花

像一个守约的姑娘

在春天里翩然而至

满树的花蕾

一树的怒放

你的花瓣里一定带着

夏月秋冬的故事

在春风里可愿与有缘人分享

细心聆听

静静端详

海棠，我想听你的欢喜

也想分享你的忧伤

风中你摇曳着

静默不语

留下一地细碎的花瓣

清明时的心境

清明的阴沉
巧合了心境
在春天生长的时节
停下来
听生命成长的声音
听历史深处的喜怒哀乐

点一盏盏心灯
给我们的先人
他们的过去
铺垫了我们脚下的路
我们的血管里
流淌着他们的基因

清明，思亲的时节
唤不回来的身影
忘不掉的怜爱叮咛
虽天地相隔
却常常在梦里叙说

清明，感恩的时节
不管身在何处
心中的思念绵绵不绝
正如这灰蒙蒙的天际
分不清边界

清明的雨和艳阳

清明

刚刚过去

有雨

淅淅沥沥还有些缠绵

这是顺应时节的雨

清明有雨

更信了古人写下的带雨的诗句

雨

也顺应了人的心情

认祖归宗的日子

雨何尝不是上天悲悯生命的眼泪

清明

和艳阳拥抱

春意也就更加阑珊

一株一树一丛丛的花

展示着春的生机

花是生命的使者

它们肆意地堕入爱情

为了夏的生长

和秋的果实

生命就是在生命的长河中川流不息

一往无前

奏出四季旋律

白薯的另一种样子

白薯是可口的食物
但还可以让它发芽
水和耐心让它
长成了一道风景
让人感觉别致的美

果腹是它的宿命
成为一道风景
却是一种审美的希冀
拨转了它的轨迹
它优雅地生长
诠释生命的感恩

我喜欢白薯长成植物的样子
有它的陪伴
我的心满是喜悦

夜深了

夜深了
世界渐起静意
喧嚣已流逝在白天的忙碌里
夜的静有些美
尤其仰望星空
发现半个月牙高挂

夜里让思绪化作文字
驰骋着无拘的遐想
平抚下疲惫的心
让床头的一抹灯光
遮盖住世事的划痕

夜深了
夜打起了哈欠
传染了我

纪念一位长者

一位长者走了

说是周一告别的

这消息刺痛了我

心情有些莫名的悲伤

他是一位令人尊敬的长者

在我刚踏入这行时

他就是我的榜样

他鼓励我

用慈祥的话和爽朗的笑

他的声音洪亮

富有磁性

在他的身上

我读出了尊严与高贵

本来已是春暖花开

天却突然转阴凉了

北面还下起了雪

这是天上人间的感应吧

纷扬的雪花何尝不是一种思念

阴沉的天一如此时的心情

杯酒敬岁月

◆

没能送长者一程
真是一种遗憾
心中隐隐的痛
伴着说不尽的思念
他的形象栩栩如生
仿佛时间已经定格
请接受一位晚辈的致敬
用一树正在盛开的玉兰

清明

怀念妈妈

妈妈走了

走了许久

妈妈没走

时刻在我心头

夜晚的梦里

是那样的真切

好像时光回到了小时候

那时妈妈说

儿女是妈的心头肉

妈妈走了

又好像没走

走了的是时光

没走的是心中

那份绵绵思念与温柔

妈妈啊

今天您在长大儿女的心中

成了心头肉

父亲走了

父亲走了
在病床上的二十多天里
老人不止一次地说要走
理性平静
说话的口气有些恳求
仿佛我们是听不懂他话的孩子

他说让我走吧
走得心安理得
早些启程
去见十九年前离去的亲人
你们的妈妈
父亲走了
在他放下书写了三十八年的粉笔
和他的最后一班学生
说再见的二十一年后

清明

父亲走了

他瞧瞧自己的儿孙

觉不出有什么

需要牵绊他的事

人一辈子

就这回事吧

哪能老陪着你们呢

他这样说

父亲走了

半个多月的时光里

他吃不下东西

就靠输液

仿佛他这样净化了自己

看不出心里有什么遗憾

杯酒敬岁月
◆

送别父亲的当晚

恰逢圆月

天空洁净

星光闪闪

我站在阳台上许久

和月亮对望着

一种虚空

一种清冷

2020 战新冠有感

月冷星稀望嫦娥

人间奈何遇劫波

风狂乱卷坠天国

雪落无痕覆凤窝

战鼓声急传四海

白衣接力斗妖魔

赢得彩练当空舞

绘就安澜有华佗

望仙门　谷雨

春光才过数重山，

到身前。

溪声不胜鸟声喧，

闹春妍。

布谷催声紧，

农家早在桑田。

细苗插下百十千。

百十千。

五色好人间。

二十四节气诗词
友情赠题

凯文　作

谷雨

又见丁香

又见丁香
又见你含蓄地开放
想起诗人
意念中的姑娘
你的花香
渲染起一片春光
时光里
歌谣在轻轻吟唱
姑娘像丁香一样

谷雨

不用给花写诗

不用给花写诗
任何文字
在春花面前都显得苍白
但你可以有一种心境
可以在花前驻足
嗅一嗅花的芬芳
端详品味花的模样
春来了
你也要有春的姿势
春的风景

如果向春讨一张名片
那上面写的一定是花
花知道自己的使命
她应时而来
用怒放的生命
抒发最灿烂的美丽

杯酒敬岁月

　　花开了
　　花也会谢
　有限的时空里
　有无限的意蕴
　　漫步春天
　　徜徉花下
　　花开过后
　或是一场静寂
　或是果实累累

风筝与线

（歌词）

谷雨

风儿轻拂潍河边

风筝有梦在蓝天

要想圆梦就把线儿连

连上线的风筝才能飞上天

天蓝蓝 梦圆圆

人说最美四月天

风筝飞 线儿拴

线儿越长飞得越远

飞出人间好心情

飞出春光一片

都夸风筝飞得高

都夸风筝飞得远

谁曾留意风筝身后

身后的那根线

风筝　丝线

紧紧相连缠缠绵绵

飞吧　飞吧

飞出潍河

飞出泰山

飞吧　飞吧

飞向祖国山水间

飞吧　飞吧

把人间梦想来妆点

时间像飞

小时候
时间是院子里的秋千
从上到下
从前到后
又像是妈妈手中的梭子
从右到左
从左到右

时间过得好慢
它藏在童年的游戏里
藏在蝈蝈的鸣叫中

长大后
时间像飞
春花到冬雪
仿佛就那么一瞬
是时间变快了

谷雨

　　我觉得它有了翅膀
　　看看欢快无忧的孩童
　　望望沉着沧桑的老者
　　他们身上写着时间的速度

　　　一寸光阴一寸金
　　　　妈妈唠叨时
　　　　时间还年轻
　　　妈妈不能唠叨时
　　　时间分出了阴阳

我的未名情结

像一颗璀璨的蓝宝
镶嵌在燕园
身旁有俊秀的博雅陪伴

第一次来到你的身边
还是一位稚气未脱的少年
震撼于你的美丽
把你藏在心里面

一次次来到你的身边
读书散步
平添些许的浪漫

春去秋来
我的生命
和你身边的树木一样刻上年轮
星移斗转
对你有了更多的眷恋

谷雨

一行行脚印

博雅看得见

它会告诉你

眼前这位青年的心思

挥挥手

到了分别的时间

风轻轻吹皱你的容颜

把我的倒影揉碎

融入泛起涟漪的波面

多少次重回燕园

回到你的跟前

只为跟你说

下次还见

听 春

春天
是生长的时节
看着小草萌出
柳叶吐芽
望着亭亭的玉兰
引来的花的次第盛开
仿佛进入一个别样的天地
听春 听这背后生长的声音
犹如一部隐秘的交响乐
春雷
春雨
春雪
一切都是都是带着声音的
一种倾听的乐趣
我感觉到了

听花开又听花落
花开是生命
又一轮回的序曲

谷雨

在那漫漫的花海

和落英缤纷之间

听生命密码的张合

没有欢喜

没有伤悲

只有清风掠过

在明灭的星空下

放下杂念

静静聆听

聆听自己能听到的一切

雨后即景

下雨了
这是晚春的一场雨
轻轻柔柔
害羞的样子
润物在静悄悄的夜
叶子被雨滋润着
一副久渴后的满足
水滴晶莹挂在叶子上
反射出雨后的阳光

人们喜欢春雨
在这生长的季节里
春雨就是生命的乳汁
大地不再干涸
雨后的草木舒展着
炫耀着娇艳欲滴的绿
春雨使春天更有生机了
穿行在雨后的晨曦里
看万物都透着舒坦

和你在一起

谷雨

苦苦寻找你
就像夜向往黎明
你的光芒照亮了我的路
不再彷徨迷茫
不再孤单忧伤

自从有了你
脚踏坚实的大地
不惧风里雨里
不惧路途崎岖
和你在一起

不会和你分离
也不背叛你
无论甜言蜜语
还是刀剑相逼
你就在我的心里

和你在一起
开创新的天地
拥抱新的奇迹
我和你融为一体
永远在一起

致敬 我的同事

和千千万万人一样
逆行武汉
用手中摄影机
记录下非常时期的点滴瞬间
一幅幅流动的画面
把眼前凝结成永远
镜头里有面对不明疫情的恐慌
有刻骨铭心的磨难
有生命不舍地离去
有撕心裂肺地呼喊
但更有普通人的坚强勇敢
有两山医院工地上的争分夺秒
寒冷中挥汗如雨
无休无眠
六十多次进入红区
记录下白衣天使和患者
与病毒抗争的真情实感
在病毒笼罩肆虐的日子里
镜头中的大爱
令你我感动与温暖
一对开饭馆的小夫妻
精心烹制出给医务人员的份份盒饭
二十四小时
平价可口
这已不是生意

是万众一心的情感体现
一位可爱的姑娘
想到特殊时期的待产母亲
和志同道合者一起
组成运送她们去医院的生命通道
一个个新生命的诞生
就是对生命和爱的礼赞
社区的书记
日夜奔忙在一线
误解和委屈算不了什么
他的心愿就是为了你的平安
她曾经和非典埃博拉抗争
如今在火神山是年纪最大的军医女生
就像一团火
给战友带来信心和关爱
给病人带来安慰与希望
在看不见敌人的战场上
你们记录下的
每个人都了不起
众志成城 顽强拼搏
才换来樱花盛开的又一个春天
在汉阳门的歌谣里
致敬我的同事们
你们在武汉的身影
都藏在这一帧帧画面的背后
你们也是勇士
我用诗和真心
为你们点赞

临江仙　立夏

叶底豆藏青杏小，

闲云浅草汀洲。

绿加红减竞自由。

风吹寒鸟去，

浪打暖江流。

满目青青吟辽阔，

飞花不卷春愁。

开颜最是好时候。

三春童子闹，

立夏少年游。

二十四节气诗词
友情赠题

凯文　作

立夏

立夏

又回未名湖

这小径
熟悉又陌生
这湖和塔
在眼前
又宛如在梦境

曾经的青春年少
曾经的熟稔
变得陌生

怯怯地问
还好吗
风摆动着杨柳
塔蔚然无声

不用说
过去日子堆成的甜酸苦辣
有一份未名湖水的滋味

立夏

过去的日光流转
何曾没有博雅塔的倩影

回来了
望望你
相见就是相离

让我静静地端详你
和你合个影
作为青春和今天的对话

5·12 的文字

5·12 是难忘的
它搁在人们的心头
已经十年

十年前的
大地撼动
毁灭的不仅是美丽
还有人的生命和家的安宁

我的心和千千万万的心
被撼动
被牵扯
刻下了深深的伤痛

那无情的雨
含了多少有情悲情的泪水

国旗低垂
那是共和国整体
对生命的敬畏

立夏

汽笛响彻大地
每一个角落
都发出对生命的召唤
和对生命的抚慰
十年了
那声音还是这么强烈
在心灵的一角鸣响

十年了
苦难变作了坚强
时光垒成了纪念碑
有的有形
更多的是无形

母亲节感怀

母亲 是神圣的
母亲是生命的孕育者
养育者
有了母亲
大地才有生机
有了母亲
生命才生生不息
母亲
是永远的情怀
母亲
是报不完的恩情

立夏

母亲的白发

何曾不是飘逸的乌黑

母亲的苍老

何尝没有青春亮丽的身影

母亲如今的柔弱

又何曾不是儿女的一片天

岁月把母亲变老了

岁月无情

一点也不掩盖它的狰狞

拿什么与岁月抗争

唯有爱能减轻岁月带来的伤痛

我爱你

我爱你

我的爱人

愿你的每一天都是开心的

尽管日子有这样那样的不如意

但愿我爱你

能使云开日出

你的脸上能常挂着笑意

我爱你

我的爱人

愿你能做你开心的事

世上的事千千万万

但心底里的喜欢

才是高贵的

我愿意站在你的身后

默默地挺你

分享你的喜悦

我爱你

我的爱人

在这特殊的日子里

我愿把心袒露

说这爱的通用语

愿爱天天陪着你

天天都感受爱的温暖

劳动给你尊严

劳动是辛劳的
劳动也是美丽的
一粒种子映衬着汗水的光泽
把希望种下去
用勤劳换来收获
劳动是付出后的欢愉
会品味这欢愉的人
就已然成熟
人生的每一个字符
背后都有别人不知道的甘苦
匆匆的脚步里
何尝不是在丈量生命的尺度
劳动不会撒谎
它给你的就是你得到的尊严

有朋自远方来

有朋远方来
带着的是情意
千言道不尽
在彼此的祝福里

有朋远方来
带着深深的情意
千言万语
在满满酒杯里

有朋远方来
带着深深的情意
一曲曲发自肺腑
唱不够自己的心意

有朋远方来
彼此有情意
千杯喝不醉
相约醉不归

关心天气

关心天气
关心天冷还是天暖
天晴了
阳光洒满目光里的世界
连空气都变得清新
天伤心或喜悦了
会飘下或大或小的雨
天心情糟糕了
世界都变得混沌
树木花草庄稼被雨
滋润地愉悦
我却披上雨衣或举起备着的伞
天天都是日子
日子里少不了阴晴风雨
出门时看看
决定穿不穿秋裤

月色荷塘

想在月光下来看你
绿的荷
蒙上一层银色的纱
除却了人事的纷乱和滋扰
静静的荷塘
回归了天籁

我把你比作夏日里的仙子
夜光下
体会你
婀娜多姿的摇曳
莲子成熟的清香
荷塘静静
收纳着偶尔的蛙鸣

雨滴在荷叶上

雨来了
雨从高空飘落
滴在荷叶上
飞溅起的水花
带起荷的摇曳
荷洗去了风尘
清亮得让人沉醉
鱼儿嬉戏
也溅起雨滴般的水珠
大千世界
如梦如幻
无数的风景
只给欣赏的人

蝶恋花　小满

鸭在闲池鸥在岸，

弱柳拂风，

滴露两三点。

水色山光清又远，

蔷薇芍药深还淡。

曾记微寒吹叶短，

昨日纤芽，

新麦浆稍满。

远去三春人不管，

千川红绿千花染。

二十四节气诗词
友情赠题

凯文　作

小满

小满

夏天熟了

小麦黄了
夏天熟了

一片片的丰收
写在了田野里

农人的脸上
汗珠子摔成八瓣

一半是辛苦
一半是安慰

果子红了
夏天熟了

小满

一口口的香甜
挂上枝头
洒落田间

夏天的太阳
离人更近了
空气中的灼热
回荡着收获的歌

种瓜的摘瓜
种麦的收麦了

我和你

我和你成了恋人
感谢这份相遇
是上天的赐予

我们把它叫作缘分
让我的青春不再孤寂
让我看你的眼光不一样

手牵手
有了战栗

我和你成了爱人
让我在偌大的城市里
有了属于自己的一扇窗

夜里
温暖的光
照耀你我

心不再漂泊

小满

我是个有家的人

我和你
成了亲人
看多了天上的云卷云舒
习惯了柴米油盐的日常烟火

满满的温柔
是我们的财富

撑起一把有形无形的伞
伞下的你我
一路走起
相互搀扶

五月里的月季

五月里
月季竞相开放
点缀着本已凋萎的花季
你是如此的美丽
让言语失去表达的魅力
看到你
掩不住的思绪飞扬
掩不住的喜悦在心里

五月是你的季节
美丽还将继续
无论是庭院
还是路旁
这怒放的生命
有多少人的辛劳
为你助力
鬼斧神工
才能成就这份神奇
月季
也是一份奇迹

小满

给五月写首诗

我爱看五月里的蔷薇
在所有的花凋零后
灿烂得如此美丽
艳丽着人间的风景

我爱听五月里的雷
在静寂了一个冬天后
惊天般地连绵炸响
震醒了天地沉睡的物

我爱见五月里的细雨
抚爱着青翠的树木
淅淅沥沥的声音
像首浑然天籁的曲

我想说五月这个符号
从寂寥繁华的蜕变里
长出诗一样的遐想
装点日复一日的晨昏

思念有形

思念是无形的
我要让它有形
把思念放进风
让它轻轻地飘往你的方向
当看见树枝摇摆
请体会我心的牵念

把思念放进溪流
它蜿蜒向前
永不停歇
你看见的大海
就有我的思念的波涌

把思念放入云端
它流动着
变化成不同的缠绵
如果幻化成雨
请不要躲避
就让它亲吻你的发梢
和你站立的土地

雨后白描的诗句

雨后叶更绿了
油油地泛着光
那是一种生命力
由内而外地张扬

雨后天更蓝了
大片的蓝　蓝得心醉
几片白云悠闲地点缀
像首随心拈来的诗

雨后心情更畅快了
清新的空气里
鸟儿自由飞翔
描摹成一幅美丽的风景

雨后我的梦更清晰了
梦见观众走进影院
看时空长廊里的光影
记忆里的加片变正片了

梦　想

就像飞鸟的翅膀
如同水下的船桨

就像大旱时久盼的甘霖
如同游子梦里的故乡

就像病中期盼的健康
如同破除阴霾的一缕阳光

梦想使人年轻
梦想使人坚强

梦想使脚下的土地坚实
梦想使夜晚的天空明亮

让梦想随着你
陪伴在你身旁

远望大海

远望大海

大海与天相接

在无尽的苍茫中

生命在涛声里纵情歌唱

听吧

闭上眼睛

用心倾听

你是否感受到了一曲磅礴的交响

看吧

极目远望

这一幅大美的天地之作

是否醉美着你的心房

在海边

感受海的气息

海的包容

把自己变成海的风景中

最美的一笔

变成大海之歌里

一个乐动的音符

忆王孙　芒种

去年梅子酒还藏，

又见新枝梅子黄。

细雨斜飞燕子梁。

　草鲜香，

田垄青青跳螳螂。

粉荷独占绿池塘，

红绿直接金麦芒。

新稻初成才半浆。

　望骄阳，

热汗滴衫田舍郎。

二十四节气诗词
友情赠题

凯文　作

芒種

芒种

端午节的思绪

敲击的可能不仅是锣鼓
还有你脆弱的心灵
写出的可能不仅是诗句
还有满腹想说的悄悄话
攀登的可能不仅是山梁
还有你胸中激荡着的理想
流出的可能不仅是眼泪
还有壮怀悲歌的热血
飞翔的可能不仅是雄鹰
还有神奇的飞行利器
浪漫的可能不仅是爱情
还有岁月里一段难忘的邂逅
斑斓的可能不仅是花朵
还有天边飘落的霞光
回味的可能不仅是糯香的粽子
还有血脉里对先贤的敬仰

给诗人

芒种

你是一位诗人
是我心里崇敬的人
时常梦里与你交流
用的是你诗中的语言

你是一位诗人
是我想亲近的人
冥想中钻进了你内心
与你的灵魂一起跳舞

你是一位诗人
是带我去旅行的人
在茂密神奇的丛林中
我们与猎人探讨狩猎的秘密

你是一位诗人
是我邀你品酒的人
大河边
夜幕下
我们开始我们的浅酌独饮
我们不说话
你是我敬仰的诗人

遵义的绿与红

遵义的绿是浓郁的
抬眼望
无尽的绿
起起伏伏
错落有致
宛如一曲绿的交响
这绿不仅养眼
更有一种
淡淡的清馨与清香
深呼深吸
只为体味这绿的甘甜

芒种

遵义也是红色的
这红伴随着红军的英名
红遍了天下
遵义是转折地
反败为胜
众志成城
红流滚滚
中国从此改变了命运
如今在这满眼的翠绿中
追寻着红
绿与红交织得如此完美
怎能不让人心动

像一匹野马的思

思　就像一匹野马
来去无踪
它是你的
也不是你的
别对它无可奈何
把它收服
用你捡到的长竹
做一根套马杆
让它有节奏地奔跑
思
藏着荣耀
让它与你身心合一
驾驭了它
你将变得丰富有趣

忆父亲

父亲已是永远的回忆

它平实亲切

时不时就会回到你的心里

来一场期或不期的相遇

小时候 村口等待

如约出现的不光有父亲

还有糖果饼干或是其他好吃的食物

在那饥饿的年代

留存下最温暖最美味的回忆

父亲回来了
街坊邻居都开心
聚在一起
分享村里村外的消息
在烟雾缭绕和说笑中
世界和他们有了联系

父亲是勤快的
家里的所有的活
他都装在心里
带头干 不惜力
瘦弱的身躯
却是家里的顶梁柱

芒种

父亲是善良的
也是严厉的
学生们是他的儿女
儿女也是他的学生
学校和家是他的全部
忙碌一辈子
无怨无悔

父亲是平静的
他就像海一样
把世事装在心里
他从不奢求
不属于他的东西

人生最美的雨夜

想象着风

想象着雨

想象着干涸的土地

风夹着雨

甘霖般洒过

这是大自然甜蜜的时刻

想象着风

想象着雨

不弃不离的黄土地

风雨中的坚守

磐石般执着

这是人生难得的风景

想象着风

想象着雨

想象着梦里的天地

和风夹着细雨

孩童般无邪

这是人生最美的雨夜

父亲节里话父亲

为父亲设立一个节
做父亲的有些羞涩
他习惯了默默地付出
惶恐于一整天都被人夸赞

父亲的话不多
父亲整天不闲着
忙了这还有那
他的眼里有忙不完的活儿

父亲是平凡的
在子女的心里却伟岸着
无论他离开多久
他的音容都如此鲜活

追梦岁月

(歌词)

多少记忆已泛黄
点点岁月染鬓霜
一个个日子汇成了时光
多少光影永远在心上

难忘苦难苦涩的泪光
是你点亮长夜的方向
热血一腔 蹈火赴汤
共和国的丰碑上有你的荣光

难忘白手起家绘沧桑
汗水搅拌着心中希望
神女相问 一轮明月光
照亮了家园浪漫了长城长
难忘一路上风骤雨狂

芒种

走过苦难抚平创伤

春天一曲你我的故事

你唱我唱大家一起唱

追梦路上初心不忘

一份责任扛在肩上

一张蓝图一个新时代

我们奋斗在复兴之路上

难忘 难忘

追梦岁月 有你也有我

难忘 最难忘

一路奋斗 风雨中热望

莫辜负 莫辜负

奋斗的新时代追梦好时光

一剪梅　夏至

烈日从来夏至高，

　　热也如烧，

　　汗也如浇。

熏风无力动人袍，

　　蝉不悄悄，

　　蛙不悄悄。

百媚暑中谁寂寥，

　　蝶自飘飘，

　　桃自夭夭。

流光从未把人抛，

　　春在樱桃，

　　夏在芭蕉。

二十四节气诗词
友情赠题

凯文　作

夏至

夏至

荷塘看荷

生在泥里
长在水中
举一片绿叶
向夏日问候
当绿叶长满荷塘
盛夏里就有了一片清凉的风景
微风过处
飘来淡淡荷香

站在荷塘边
我成了荷的粉丝
那散落在荷叶间的莲花
醉了我的双眼
愿时光就此停歇
凝结在青青的莲蓬里
我的心中涌起颂莲的诗句
这一刻定格为永恒

清　风

在炎热的天气里
等一股清凉的风
这是我此刻的愿望
如果能有细碎的雨
洒在干裂的空气里
我想那只能用幸福来形容

曾经在这样的天气里
挥霍属于你我的时间
听着雨滴落在窗台上
感受着风清凉的抚吻
回忆有时就是一种满足
在这喷火的日子里
想到清风 雨落和你

天地与人

有时晴空万里

有时乌云密布

不管你看见的天

是什么样子

它本身就是高过一切的存在

唯一能和它比的

是你的内心

它不大

却能容下天一样的空间

有时是荒草

有时是沙漠

有时绿草如茵

有时树木参差

而托着这一切的是大地

大地无言

它默默地当作基石

任万物生长凋零

不喜不悲

一个人

是天地的孩子

孩子要有父母的基因

夏至

星星　露珠和你

等到夜晚

才能看见星星

等到黎明

才有晶莹的露珠

等到你的到来

我的心才能安静

星星

让夜空有了几分浪漫

露珠

让清晨有了勃勃生机

你

让我心里有了缠绵的诗

夏日絮语

我愿意是朵云
飘浮在你头顶的天空
让你抬头望望
能否觉出与往日的不同

我愿是一缕微风
在炎热的季节里
带给你一丝丝清凉
让你感受到怡然的惬意

我也可以变作讨厌的蚊子
嗅着你的味道
在你耳边发出些声响
却舍不得叮你

在炎热的季节
写下有温度的文字
让夏日带上浪漫
或许就是生活的缘由

去聆听荷塘的絮语

想起你

就有很多的话

想说又不知从何说

说说天气吧

下雨了

酷暑里的闷热消散了

天清凉了很多

想起你

想起夏日里的荷

荷绿意盎然的样子

出现在我的梦里

走吧

去看看荷

让我约上你

去聆听荷塘里的絮语

夏天的火热

太阳悬停了
悬浮在北国的上空
它炙热得像一团火
烤得大地气浪腾腾
水塘里的荷
出落着大片的绿
托举出一枝枝摇曳的花
变作盛夏的符号

夏至的夜
半个月亮悬挂着
一池的清辉
写满了天上的星斗
想起童年时用妈妈的芭蕉扇
快乐地追逐着流萤
儿时的浪漫像首诗
倏忽间涌上了心窝

夏夜喜雨

雨敲打着车窗
敲打着路面
敲打着能敲打的一切
夏 就是这样的任性
一场说来就来的雨
让你雨里有许多想说的话语

雨是大自然的恩赐
我把雨都称作喜雨
除非雨肆无忌惮
把雨下成了一场灾难
雨包含着多少的企盼
雨的常态就是一曲喜剧

雨夜里我端详着雨
想起久旱后的大地
如果能听懂大地的语言
那淅沥的雨声
定是一首浪漫的诗
久久回荡在这里

西江月　小暑

蝶赠三分嬉闹，

蛙添一片欢声。

鸟歇花倦热如蒸，

垄上牛藏树影。

眼送雨来雨去，

袖随风起风停。

纤尘一洗坐清风，

滴翠青山似梦。

二十四节气诗词
友情赠题

凯文　作

小暑

小暑

草原故事
（歌词）

我看见草原秋草黄

我听见妈妈的忧伤

望一望孱弱的牛和羊

草原的日子不能再这样

春风起 百花放

草原上来了共产党

带领人民求解放

跨上战马 拿起刀和枪

不怕枪林和弹雨

甘洒热血写沧桑

换来草原新天地

英雄儿女美名扬

我看见草青花儿红

我听见妈妈笑声朗

望一望羊肥牛马壮

草原的日子已变了模样

春风里 百花香

草原上建设忙

钢花飞舞 奶酒飘香

神舟家园 万里好风光

草原儿女团结守望

复兴路上谱新章

捧出美酒和哈达

敞开胸怀迎四方

大海与小舟

大海对小舟说
不要因自己的小而卑微
你生来就具有在大海上行进的能力
到海中来
你会感受到海的辽阔
和海上前行的乐趣

小舟对大海说
我的身躯这么脆弱
我怕你的波浪会把我吞噬
我宁愿躲在你的旁边
变成一道海的风景
享受海浪温柔的拍打

大海对小舟说

无论你选择什么

我都会顺着你

到海中来

我会紧紧地抱着你

让你在我的歌谣里

忘记胆怯

当你停在岸边

我会送去一朵朵浪花

让你感受到海的气息

你属于海

尽管你是一叶小舟

等 待

等待有些漫长
等待炙烤着时光
等待花开又落
等待雁来北往

等来了春天的清风
等来了夏日的黎明
等来了雨后的彩虹
等来了熟悉的蝉鸣

等待一种淡淡忧伤
等待一种隐隐希望
等待一种默默坚守
等待一种长大成熟

享受自己

有点时间
留给自己
享受一下独自的静谧
世界此时与你无关
你只是你
你是自己的主人

思你所思
想你所想
你是自由的
无拘无束地
驰骋在自己的神圣之地
你的享受
不与人分享

种下心愿
规划醒来的忙碌
任性地爱
爱是你此生最大的礼物

你并非无足轻重

你并非无足轻重
也不是一粒微小的尘埃
你是独一无二的
世界上只有一个你

珍视你自己
就如同我珍视你一样
挺起脊梁
你会发现世界是如此的多彩

世界是别人的
世界也属于你
你潇潇洒洒地摆个 pose
引起我另眼相看

献给特别的你

今天
我想铺一条长长的红毯
让你从那头走过来
我在这头等你
用深情的眼光打量你
怎么的一个奇女子
叫我一生倾心

在红地毯的这头
我用一束鲜花迎你
还要在地毯上洒满花瓣
让你在鲜花的陪伴下
用最灿烂的心情
最舒心的步伐
走出你的光彩

今天我要亲手点上一根蜡烛
让小小的火苗
跳动起快乐的舞蹈
我放歌一曲
那是你我相识时
哼给你的旋律
此时此刻快乐的你
是我的最爱

远方的亲人

我念着你
远方的亲人
我要让你知道
这份惦念就像空气
你的每一次呼吸里
就有我的气息

我的思念简单
就是每天的每刻
忙碌时把你放在心的深处
假装只为了薪水里的那点事
但我不会骗自己
稍有点空闲就露了马脚
无情世间的真情
弥足珍贵

远方的亲人
我对你的惦念
底色单纯

信　使

我让鸟儿做我的信使
放飞和你联系的信号
不是信鸽
就是院子里飞的
有悦耳声音的那种

叫不出它的名字
和它也没有特别的交情
托付它
因为它一早就放嗓鸣叫
它是勤快肯付出的鸟
它的声音打动了我
与我的思念有了共频

在你的窗外
假如传来了引起你心动的鸟叫声
让你感受到了愉悦和激动
那不用奇怪
我的信使完成了使命

心事与谁说

夜深了
白天的喧嚣渐渐沉寂
星星泛着微光
在你抬头时是否和你对望
月亮有时圆有时缺
全看你何时站在了夜空
有些心事
会在月亮和星星间冒出来
披着它们洒下的余晖
敲击着你的心房
有人懂你
你就偷着乐吧
不是所有人都有知音

有人让你说

还把话说给你

就是茫茫世界里的小概率

拉上帘子

遮了光

也遮了心事

只有自己知道

是否枕着心事入眠

忆王孙 大暑

紫薇叠影照西墙,

向日荷莲粉满塘。

不倦鸣蝉枝上忙。

尽人藏,

剩有凌霄独自黄。

却疑风动过长廊,

纸扇空摇茶不凉。

欲减焦阳一寸长。

细思量,

何处丰年觅稻香。

二十四节气诗词
友情赠题

凯文 作

大暑

草原雄鹰

（歌词）

草儿青 花儿红

雄鹰展翅在空中

不怕雨来不怕风

经风历雨方能见彩虹（重复）

草儿青 花儿红

雄鹰高飞在空中

不怕路远迷雾重

穿云破雾才能见光明（重复）

（副歌）

为了草原新生活

为了百姓得安宁

为了心中蓝蓝的梦

百折不回勇敢前行

待到草原百花艳

鲜花美酒送英雄

夏天不同了

夏日里
母亲常带着一把芭蕉扇
随时挥一挥
就带来一丝清凉
依偎在母亲怀里
听她们唠叨着家长里短
那时的夜空
繁星点点
偶尔飞过一只只萤火虫
引起我和童伴们的追逐

长大了
母亲的芭蕉扇
还留在我的记忆里
它是母亲夏日里的清凉
也是我儿时的一缕温馨
如今在炎热的时节
要寻一把那样的芭蕉扇
竟成了奢侈
满城的空调
不停息地疯转
天热
城市更热

痴迷的诗人

从梦中醒来
和昨天告别
望望天边的一缕霞
想把今天写成诗
字句里有新的忙碌
还有柴米油盐
用心间的梦想
做诗的底色
从大街上
和密密的车
往来的人写起
诗的构思无声地碰撞
不知道会和谁共鸣
诗人就是这样执着
又漫不经心
在匆匆的流动的世界里
寻找永恒的栖息地
只要写
总有好诗

盛　夏

太阳像喷火
流年里最热的日子
你我和他和所有人
一起被动地冒汗
一起被时间带着
留下炙烤的痕迹

夜里明亮的流萤
间断地画出美丽的弧线
妈妈和奶奶们摇着宽大的芭蕉扇
孩子们嬉戏着
家长里短间
夜嘈杂着在变老

时光就这样流逝
漫不经心地
文上了寒来暑往的皱纹
来不及咀嚼蝉鸣的节奏
雨后的池塘
传来一片蛙鸣

叹　息

接过你隔空传来的叹息
里面埋着时空里的沉重
我摇摇头或点点头
尽力体会你此刻的心境

我愿你此刻是轻松的
因为你把忧郁的沉重给了我
和你一起感知生活的滋味
在每天的底色里添上五彩

为你唱首歌吧
这歌是我心间流出的旋律
我觉得很美很丰富
你懂音乐
希望你写出共鸣的音符

徜徉雨夜

走在雨后的夜晚
周围静静的
喧嚣逝去
疲惫收起
换一种祥和的心境
和夜说些秘密的话
夜藏了起来

路边的石榴
在夜色里朦胧
就像我搜肠刮肚的诗句
它们一点点鼓起肚子
把宇宙的精华装进来
每次路过
就会发现生命的生涩
悄无声息地走向成熟
想起远方的你
和你的故事

夜是神秘的
雨后的夜和往常不同
我想徜徉在这夜里多一会儿
多想想你
多一些诗绪

我总是很快乐

我总是很快乐
这是我给你的印象
你不知道我心底的忧伤
因为我觉得
面对你
就是要一副快快乐乐的样子
世界够繁复
给你快乐而不是压力
就是我爱你的表达

我的快乐给你
忧伤的思绪留给我自己
我要你喜乐光明
像佛陀前的笑菩萨
这样的方式对你
你能否感到情世间的温暖
笑或不笑
都是表象
只要你心底感知我的心意

风雨中听见你的呼唤

风雨中听见你的呼唤
风雨中不会让你孤单
风雨中多少人把你挂牵
风雨中多少人千里驰援
手拉着手 肩并着肩
风雨同舟 护卫我们的家园

风雨中听见坚强的呼唤
他拍打着车窗生命是青山
风雨中托起鲜活的生命
有多少勇敢感地动天
手拉着手 肩并着肩
风雨同舟护卫我们的家园

（副歌）
风雨中会听见你的呼唤
风雨中你绝不会孤立无援
风雨中有多少生命的托起
风雨中有多少大爱无边
永不放弃心手相牵
挺过风雨重建美好的家园

我的家乡有一条河

我的家乡有一条河
它的名字叫黄河
黄河之水九曲扬波
奔流到海不停歇
五千年日月
一辈辈的烟火
恩恩怨怨
离散聚合
听我歌听我的歌
梦里念里这条河

我的家乡有一条河
它的名字叫黄河
河水壮阔高山巍峨
沃野千里同心一首歌

大暑

五千年养育

一辈辈恩泽

山河安澜

小康欢歌

听我说听我诉说

梦里念里这条河

啊 黄河 是你养育了我

叫你一声母亲河

养育之恩在我心窝

无论风雨变幻

无论岁月如梭

我都把你放在我的心窝

把你放在我的心窝

卜算子　立秋

欲画意中秋，

且与雁商量。

蝉抱青枝蝶恋花，

无处秋模样。

扇底恨无凉，

细雨难清爽。

莫道金风不送秋，

秋在桑麻上。

二十四节气诗词
友情赠题

凯文　作

立秋

立秋

今天是新的

太阳出来了
带来了新的一天
一切都是新的
尽管和昨天还千丝万连

你是新的
我也是新的
一切都是新的
尽管岁月在长老

新的秋天来了
今天就是新的门槛
迈过去和夏天再见
尽管它恋恋地不愿离去

立秋

胜利日感念

又逢胜利日

对不经过硝烟洗礼的晚辈

这只是一个符号

而对老者

才是流血伤口的止血带

才是喘不过气沉重后的

畅快的呼吸

这回忆依然清晰

回忆里

欢呼和鲜花还带着余温

胜利是苦难和牺牲换来的

胜利背后有太多的沉重

当年的搏杀虐杀

杯酒敬岁月

当年的勇敢和胆怯

当年的火光和弹雨

当年的蘑菇云和北方的铁流

暴虐者低头

放下屠刀

却未必成佛

和平莅临大地

生命啼哭着莅临大地

这之后的啼哭和莅临

是多么幸运

更幸运的是

我们也是幸运儿之一

不忘过去

为胜利

在心里

立秋

大　山

大山
张开怀抱
迎接着每一个客人

我也是访客之一
每一片树叶的摇曳
每一片从山上飘过的云朵
都愉悦着

我是这么感觉的
不信就看这照片里的松
它的名字叫迎客松

杯酒敬岁月

大山是奇妙的
你不得不感叹
大自然的鬼斧神工

怎样的沧海桑田
才成就了这样的容颜

默默地端详
默默地感叹

面对这样的自然
你还能说什么
一切文字都是苍白

大山之外还是山
山与山的连绵不绝
才让心灵震撼

立秋

走在山里

走在了风景里

我知道融进这幅画里

也是这么一瞬

因为毕竟只是一个访客

但这不妨碍我

赞美大山

感叹大山的神奇和魅力

大山静默安然

不因人们的到来和离开

或喜或悲

七夕今夕

一条河隔开了缠绵
一条河流动着相思
一条河深情地对望
一条河铺满了诗歌
今晚的夜空下
我放任自己的思绪
让文字变成木板
变成黏黏的胶
一条小船做成了
那条河里
除了亘古飞来的喜鹊
还有了波光粼粼里的帆
恍惚中
划船的人是我

春天变成了秋

立秋

这个想法
在春天的萌芽里就有
你和我一起
把它种在春天
直到秋的来临

它就像一颗心爱的树
不可遏制地生长
像不可阻挡的日子
长成了我们希冀的样子
欢喜由衷
以泪水的方式表达

冬天去了 春天来
春天去了 夏天来
夏天去了 秋天来

秋天是我们喜欢的季节
春天的花蕾
顽强地成了果
默默地装点着无垠的秋空

清净属于戏外

单纯就洁净
简单就美好
我不喜欢复杂
尽管被复杂包围
一地鸡毛里
也要弯腰捡起有用的
做成鸡毛掸子
掸掉灰尘
营造一片清净

本没有洁癖
只是尘世中的凡人
纷纷扰扰的
就是一出大戏
每天看各个的角色
念唱做打
累了,找个角落歇歇
大戏不歇
剧本有意无意地构思着
清净属于戏外

立秋

岁月里有你

岁月里有你
你在我的心里
无论风里雨里
一起走不犹豫

岁月里有你
我最大的满足
无论这里那里
不能没有你

岁月里有你
一起数寒暑往来
无论你在哪里
都有我的牵挂

岁月里有你
此生不再孤单
红尘滚滚里
我们特立独行

恰恰就好

心不能太大
也不能太小
能放飞梦想就好

情不能太深
也不能太浅
彼此想念就好

念不能太深
也不能太浅
彼此牵挂就好

梦不能太多
也不能太少
激励自己向前就好

献给祖国

（歌词）

一个微笑一份心情

一段文字一段光影

一束鲜花献给英雄

一腔热血表达我忠诚

一滴汗水一份梦

一幅画卷描出新征程

一声呼唤我爱你

祖国永远在我心中

清平乐　处暑

促织乐暑,

不问吴牛苦。

蝉自高歌蝶自舞,

欢悦焦阳到处。

夏荷去也彷徨,

秋菊正待金黄。

且趁风和云淡,

高台忙试新凉。

二十四节气诗词
友情赠题

凯文　作

处暑

处暑

秋日观荷

朋友说 你来晚了
这满塘的荷
已过了最好的时节
那时荷叶碧绿婆娑
荷花高雅圣洁
站在这荷边
你就是荷中仙人
我感受到了荷的风采
朋友给我的
就是荷的风情

站在秋日的荷塘边
看着微微泛黄的荷叶
有些晚开的荷依然那么娇艳
它们不后悔自己的晚开
任性并灿烂怡然
眼前更多的
是采过和未采的莲蓬
炫耀着时光的收获
大千世界
各美其美
无论哪个时节都有自己的风韵

处暑

想起有时候

有时候事情很容易
有时候事情不容易
不管容易或不容易
都不应该忘记做人

有时候脚下有路
有时候脚下没路
但目标就在前方
没路也会有了路

有时候阴雨不见太阳
有时候雾霾隔断清新
不管阴雨还是雾霾
都挡不住太阳清新升起

清晨送出去的祝福

清晨送去一份祝福
这是我对你的挂念
每天都是新的
这祝福也带着露珠

世界是喧嚣的
沉睡了的只是一部分
生命散乱地生长
在这个还将下雨的清晨
提醒你带上雨伞

清晨是夜的继续
夜的尽头就是一缕霞光
当你读到这絮絮叨叨的文字
是否感觉到一丝窃喜

心中的诗

文字是个体的
一个个文字的组合
有了情感
有了思想
它从心里荡漾而出
就成了诗

诗是美丽的文字
它有韵味
如风情的少女
它有力度
如雪压下的苍松
文字有多久
诗就有多久

诗是有温度的
喜怒哀乐会跑进诗里
编成美丽花环
诗是有记忆的
不止五千年的风霜雪雨
述说着往复绵绵的
春夏秋冬

我喜欢文字
更喜欢诗

今天我们一起看星星

牵你的手
给你一个深情的拥抱
拉你一起遥望星空
去寻觅天上人间的故事
一条银河
隔断了有情人
却隔不断他们的相思
鹊桥飞架
爱情从此不朽

牵你的手
和你一起数过来的故事
故事的许多细节
你都记得
你欢愉的样子
让我想起你青涩的岁月
这样子挺好
我对你说
你也对我说

山水多情

洁白的云朵
挂在天上
它变幻着
形成不同的图案
云有多美
取决于观云人的心境
忘掉牵绊的烦恼
让欢喜随云飞舞

江水清清
山野青青
在如画的峡谷中穿行
八百里清江
八百里风景
短暂的邂逅
留下几多风情
放飞思绪
缠绕着
山青青水清清

处暑 ◆

寻找你的背影
（童声朗诵）

半亩方塘一鉴开

天光云影共徘徊

问渠那得清如许

为有源头活水来

（唱）

寻着你的声音

追寻你的背影

在峡山的青山里

在荡漾的绿水中

朱子村的炊烟

有你的颜容

法林寺的学堂

有你的诵读声

编四书 传文明

做清官 为百姓

知行合一点迷津

纵古论今亦英雄

胸中自有天与地

华夏大地就是你背影

风筝物语

风筝在飞

飞得越来越高

美的姿势成了一个小点儿

风筝的线在拉扯着放风筝的手

他知道风筝飞到了想飞的高度

他为风筝喜欢

也为自己喜欢

风筝在飞时是最美的

正如美梦成了现实

风筝和线连接着是美的

松松紧紧

成为不可分的整体

放风筝的人和风筝遥遥相望

不用猜

都知道彼此的心事

处暑 ◆

咏　莲

寻无数美的文字
都不及和你相视而立
你今年的样子
还是那么养眼
那么清新

来或不来
你都在这儿
任日月轮回
栉风沐雨

你是特立独行的
我只是一往情深

唐多令　白露

白露叶难黄，

风拂袖底凉。

过高天，

疏雁未成行。

花恋粉蝶蝶不去，

荷欲老，

日还长。

迟到怨秋光，

何时羽扇藏。

看庭轩，

忽一点菊黄。

天道因循知冷暖，

无迟早，

是寻常。

二十四节气诗词
友情赠题

凯文　作

白露

白露

写给老师

难忘你的目光
含着一种期许
无论是否在课堂
它都伴随着我
与我一起度过日日月月

你的语言
总充满着温暖
它不时地告诉我
知识的奥秘
解开心中的结

你的背影
我曾如此熟悉
它的守护
让我灵魂充实

白露 ◆

你是我的老师
用无形的蜡烛
点亮我的人生
岁月渐长
你的背景已经苍老
可在我的心中
依然不可替代

雨中即景

大雨突然而来
雨刷器快速地挥动
划出时而清晰的视线
车跟着车
长龙般丈量着归家的路

快递小哥
骑车赶路者
被风雨击打着
艰难地穿行

没有一个地方
让他们躲避风雨
雨如瓢泼般肆意挥洒
全然不顾雨中人此时的感受

高温要散去了
这是风雨带给所有人的恩典
想到这儿
心中有些许平衡

白露

送福给你

昨夜的雨
洗净了天空
底色的蓝
或白或暗些的云
都预示着今夜的月
圆圆的 亮亮的
一如我此刻将要送给你的祝福
看到它
世界将和你我的心一起
充满圣洁

杯酒敬岁月

◆

时光总是匆匆

事总是料理不完

但我知道

你我心里常常有彼此的影子

你留给我的特别的印象

就是一种温暖的力量

支撑起无怨悔的日出月落

祝福你 我亲爱的朋友

隔空举杯遥祝

也别有一番滋味

又可以枕着诗歌入眠了

春天
行进的键暂停了
突如其来的疫情
暗淡了世界的色彩
遍地的惊恐和空寂
拴住了困顿的星球
在苦痛的日子里
诗是苍白的
让诗躲起来
是最好的选择

秋天
在时日的多艰里成熟
风来了,雨过了
彩虹任性地挂在城市和乡村的上空
在秋色里
自由地呼吸
口罩时不时成了手上和包里的点缀
诗歌可以苏醒了
在夜晚冒出来
又可以枕着它入眠了

人心遐想

人心像海
有时平静的表面
藏着的是汹涌的激流
人心像海一样无边
它装着一个纷繁的世界

人心像火
火会融掉僵硬的冷默
把温暖裸露出来
像寒冬里的太阳
给大地以春回的希望

人心像河流
从涓涓源头到奔腾浩荡
流过的千姿百态
映衬着山峦 峡谷
它是大地的激情
写就的一出交响

在夜深人静时
静听心的跳动
感受心的向往

中秋夜话

淅淅沥沥的雨
连续地洒落着
它的使命好像就是要
洗净这无垠的苍穹
湛蓝的天空
洁白的云彩
化作月夜里的清辉
把深情洒满多少人的心境

断断续续的念
在时光流逝中绵延
就如同渐渐的长大着的月亮
一份份的叠加企盼着圆满
生活有多少遗憾
心中就有多少企盼
盼太阳照常升起
照耀人间烟火如常

只 要

只要风吹着
空气就是清净的
蓝蓝的天幕
像大海一样无边

只要阳光明媚
植物也显得精神
站在窗户前
望见春色渐浓

只要心有理想
困难就不算什么
踏实种下善果
秋天就是收获时节

白露

清晨新语

一个明媚的清晨
一份清澈的心境
烦恼已留给了昨夜
光照亮了今天的开始
每天都是新的
新的你面对新的今天
怀揣新的心情
体验不一样的相识

把一首老歌
做变奏地哼唱
体会另一种韵味
把昨天的你交给昨天
把今天的你变得和今天匹配
假如有人看出了你今天的不同
你就该把喜悦当成奖赏
馈赠给这独具慧眼的身边人

渔家傲　秋分

羞涩菊黄花满地，

秋分何羡春分绿。

不问花魁娇艳闭。

　鸿雁去，

纸鸢得意苍穹碧。

叶底未闻蝉饮泣，

金风一扫凄凉意。

蔬果稻粱多自喜，

　亩千里，

挥镰正是秋消息。

二十四节气诗词
友情赠题

凯文　作

秋分

中秋月亮

天上有个月亮

心中有个月亮

天上的月亮挂天上

心中的月亮藏心上

天上的月亮圆了

心中的月亮满了

清辉的月色里

送上我的问候

天上有个月亮

心中有个月亮

天上的月亮抬头可望

心中的月亮与你分享

天上的月亮像姑娘的脸庞

心中的月亮像诗一样

淡淡的月光下

可曾感到我的牵挂

天上有个月亮

秋分

心中有个月亮
天上的月亮行走在天上
心中的月亮永驻在心上
天上的月亮皎洁如镜
心中的月亮因你而光芒
深夜的月光里
可曾听见一声声的祝福

秋的感怀

风有些凉
身上的衣装厚了
地上多起来的落叶
宣告着秋的足音
秋来了
它就像一个魔法师
将用无形的画笔
把世界涂抹得五颜六色
而后一点点地撕扯
人们和我
知道故事的样子
也进入了故事里

秋分

我还是喜欢秋
春种夏长
毕竟秋是收获的时节
那沉甸甸的果实里
经过多少风吹日灼
经过多少雨水汗水
才成为这生命的礼物
惜秋
带来的丰收欢愉
惜秋
遮不住的由盛而衰
惜秋
又何尝不是一种
爱的流露

又到中秋

又到中秋
又到了丰收的时候
我把祝愿的话语和喜悦
做成一块五仁月饼
送给我挂念和
牵挂我的人
这口味会想起曾经的过去
和眼前的分分秒秒
月圆了
花开得正旺
每一个果子里都蕴藏着风月
愿你的心情
如这碧蓝的天和洁白的云
快乐并无拘地自由
或如饱满的果实
无言而充实
当月亮冉冉升起
银辉普照你我的时候
请端起一杯酒
酒中也会有我的祝福

今天我们一起写诗唱歌

我把喜悦写进诗里
这诗有蓝天白云
有飘扬的红旗
有夜莺般美妙的歌
歌声回荡
缭绕在青青的山岗
在奔腾不息的河流
在北国深深的密林
在南海无垠的碧波

我好想放声高歌
把想写下的诗
变成歌词
变成旋律悠扬的曲谱
诗是无声的

杯酒敬岁月

◆

只有歌
才能表达我此时的心境
我想请你
加入我的创作
和我一起抒发这一刻的
骄傲甚至带些霸气的自豪

不管是诗
还是歌
这情感都蕴藏在心底
历经了岁月的砥砺沉淀
像坛深埋在地下的老酒
稍稍外露些气息
足以让你我沉醉称奇
你和我
在今天还有什么理由
不一起脉动

心中的圣山

有一座山

在心里巍峨着

那是孤傲诗人

梦中的家园

花兀自开放

不为谁妩媚

只芳香着靠近它的精灵

溪水任性地奔涌

在山谷里撒欢

山与水默契着

唱了岁岁年年

叫它圣山吧

谁让它住进了诗者的心里

安放着梦中的唐诗宋词

中秋时节的一瞥一思

一抹青绿
正浸染着秋意
时光的印痕就是这样
日复一日地蚀刻着
春夏秋冬的传奇

凝神静穆地端详
领悟生命的真谛
从嫩芽吐露
满树碧绿
再到渐变成一身醉黄

蜕变淬于风霜
喧嚣归于沉静
大美处于无声

秋夜小诗

披上夜的凉纱
捧起月的清辉
站在中秋时节的水边
聆听稀疏的蛙鸣

望着卸下果实的枝头
被秋风摇曳着
追寻丰收的繁华
秋影婆娑
吟唱出一丝秋凉

秋是富有的
收获着春种夏长
秋是无私的
把满世界的果实留下
不带一丝臃余
走向时间的深处

中秋祝福

月又圆了
心跟着月在飞
今年的月圆来之不易
柔情和感慨
弥漫在空气里
那是发自
心底的祝福

亲人 朋友
感受到我的牵挂吗
如果愿意
我们会相遇在这温馨的月夜
心和心的碰撞
就像陈酿的美酒
醉了这中秋

秋天里的石榴

一颗颗石榴开始挂红
就像晕染了
秋天傍晚的一抹霞光
看着它们从花
长到了饱满着的果
心中也长着欣喜

它来时肆意奔放
高高的视线向着天际
如今它谦卑地低垂着头
恨不得和大地亲吻
岁月给了它成长
也给了它成熟
无论多少人驻足
它总是平静得不悲不喜

鹧鸪天　寒露

莫向青枝觅冷寒，
举头还是艳阳天。
才听坠叶黄河北，
又见归鸿秦岭南。

更岁岁，
　变年年，
枯荣消长自回环。
谁言寒露失颜色，
满目山河菊领先。

二十四节气诗词
友情赠题

凯文　作

寒露

雁归来

一只雁
从远方归来
带着疲惫的创伤
征途漫漫
风霜雨雪
经历过艰难
才知道飞翔的意味
由稚嫩走向成熟
翅膀越发强壮有力

是大雁就要飞翔
天空就是你梦想实现的地方
蓝色无垠的天边
白云在无声地歌唱
飞得潇洒
飞得疲惫
飞出你心中想要的样子
我站在大地上
仰望你的背影
等着你疲倦后的归来
给你力量

寒露

触摸生活

触摸生活
就是触摸一座高山
山在那里
目标在那里
我们每天的光阴
就是向高山的进发

山路崎岖
山花簇拥
光阴斑驳
喜怒哀乐

向高山进发
不屈不挠
无论风霜雨雪
前进的步伐
不会停歇

我们骄傲地前行
我们骄傲地挺立
我们骄傲地歌唱
我们是大写的人

老朋友

不用太多的言语
不拘世俗的礼仪
一声简单的称呼
胜过千言万语

老朋友
人生可遇不可求
老朋友
经风历雨方成就

老朋友
就像春天里的一杯清茶
老朋友
就是秋收时启封的美酒

有了老朋友
生活中就有了阳光
有了老朋友
知己复何求

一声老朋友
温馨留心头
你我
就是老朋友

挂　牵

一丝淡淡的忧伤

一种暖暖的祝愿

一份割不断的情感

藏在我们每个人的心间

如同一根温馨编织的红线

把亲人朋友相连

如同飞在天上的风筝

身后有一根长长的丝线

如同飞翔在外的雨燕

耳边总有归巢的呼唤

挂牵 一种绵绵的情感

它时浓时淡

若隐若现

它是无声的问候

是离别时含泪的眼

它是母亲的叮咛

是爱人枕边的惦念

它让我们善良

使我们的心柔软

每个人的心头

都藏有一份挂牵

心灵素描

心灵不是唯心的

它就是一种客观的存在

心灵喜欢美 厌恶丑

山川 河流

清茶 美酒

看一种赏心悦目

品一种悲欢离愁

心灵是博大包容的

心灵映照着世界

心灵是相通的

也是敏感的

每一种电波掠过

都有起伏的波澜

它就是一个情种

等待着另一个痴情

寒露

我修行
让心灵更顺应我的意
让心灵更体会到心灵
纯净是一种境界
也是一种境界的追求
每天闲暇的时候
我愿意静静地
和心灵对话
寂寞无声
却风情万种

时光送来的礼物

时光把一个艳阳高照

送给我们

这是时光的慷慨

每个黎明升起

每个夜幕缀满繁星

何尝不是时光的礼物

在时光的背篓里

这样的礼物永远掏不尽

在时光不曾吝啬的慷慨里

才有了文明

才有了生命如四季般

起落更迭

有时想想

我们也像时光

送给天地间的礼物

有了我们

天地不再寂寞

四季不再孤单

时光显出了柔情

也有了说不完的故事

别管秋已深处

时光是身边的日夜
黑白间的交替
谱写青春的进行曲
站立在最东方的位置
等着期盼中的来临

云在无规律地变换
幻化出想象中的诗
让雨裹挟着无穷的力
描绘一幅心中的风景

该欢喜的就要喜乐融融
在苦难的堆叠里
寻觅一种难得
放飞自己
别管秋已深处

河边小景

一湾河水
随风荡漾
世界倒映着
翩翩起舞
站在河边
望着水中的风景
欣赏一幅流动着的画
诱人联想的诗意
随风飘绕
走近前些
如镜的河面
揽人入画

故地重访

你变了

岁月增加了你的魅力

是谁妆扮了你

将自己的青春无悔地给你

繁华和靓丽

底色上写满辛勤

承载起日月轮回中悠悠梦想

你当年的模样

我依稀记得

清纯在往日里定格

雕刻下温馨的剪影

刻意地寻觅

不经意的思绪

曾经的和现在的

海风吹过

荡起道道涟漪

我喜欢过去的你

也喜欢现在的你

你的朴素和繁华

各有不同的风韵

清平乐　霜降

横斜浓淡，
霜叶才偷换。
欲教青云随去雁，
又恐衡阳路远。

已无蝶乱蜂鸣，
却添松绿枫红。
琥珀香茗在手，
快哉醉了金风。

二十四节气诗词
友情赠题

凯文　作

霜降

最美的秋

最美的秋
美在人的眼里
美在人的口里

即使夜间
那不冷不热的清风
那节日里的灯火
都炫耀着一种秋的美意

秋的美就在那里
秋的美在你的感觉里

秋来了
从初秋的姗姗来迟
到晚秋的满眼斑斓
似乎就是一段时间的故事
秋是生命的诗意

霜降

书写着传承

书写着收获

书写着顽强

书写着喜悦

在秋的满天彩霞

在秋的斑斓斑驳中

写下你我秋的心语

心与水

偌大的水面
映入眼帘
天与水相接
水与天相牵

水中有天
水中有山
水把看得见的揽在怀中
或近或远

风吹来
可以微微波澜
可以浊浪滔天
风过后
水还是水
宁静依然

霜降

飞鸟可以是过客
可以筑巢扎盘
鱼 有大有小
悠然乐其间

看着偌大的水面
物我相融
思绪飞翔
水 有多少故事
让我的心沐浴其间

此时此刻
心如水一样
辽阔怅然

光影故事

在光里

在影里

光影里有我也有你

中华好儿女

顶天又立地

抛洒热血为梦想

开创新天地

光影里红星红旗高扬在天际

古老的中国焕发新活力

歌声里

汗水里

奉献里有我也有你

为了人民的好日子

付出所有

我愿意

霜降 ◆

记忆不能抹去

过去的
凝结成了回忆
说与不说
它都装在心里
你不说
它也从未消逝

有些事
成了我们共同的记忆
你在这里
我在那里
镌刻下共同的刻骨铭心
不管你是否愿意
这是我们曾经的底色

人贵修行

不要自以为聪明
芸芸众生中聪明的人很多
三人行
必有我师
谨行的人
才是智者

总有那么些人
高估自己贬低别人
自我膨胀
而不自知
大千世界
也不能恣意妄为

人得时时自修
才会日日精进
平常心中的真善
才是人性中的最美
心灵美了
人会更美

霜降

秋天里的问候

有人看见的是金秋
有人看见的是叶枯
金秋里有色彩的绽放
金秋里有渐浓的寒霜
一声带着暖意的问候
那是友情从心底的流露
愿你满眼都是秋的金黄
心底装满秋的喜悦
每天都是新的
每天都是唯一
何不好好地度量
这充满哲意的风景

人间最美的风景

我们的距离有点远
中间隔着道道水重重山
我们的距离不再远
早起的问候就在彼此心间
隔着道道水重重山
温暖的语言
心底的挂牵
愿世间美好世事如愿
你的心情像湛蓝的天
你的容颜如阳光般灿烂
隔着道道水隔着重重山
彼此心相通
彼此真诚祝愿
一份真情
就是人间最美的风景

情义弥足珍贵

借一缕阳光
洒满你的庭院
醒来后的第一份礼物
就是这满心的温暖
借一声鸟鸣
送去一份叮咛
在繁杂的人世间
倾听内心的天籁
借一行文字
送去我的关爱
千山万水辽阔
唯愿平安顺遂
不要说你我多情
在这多艰的世界上
情义弥足珍贵

金驼铃

（歌词）

梦驼铃 金驼铃

驼铃儿响叮咚

草原丝路漫漫行程

铃儿叮咚伴着驼影

风雨兼程 行也匆匆

繁星点亮驼队的夜空

他乡故乡

月儿一样明

我的亲人可入梦

梦中可曾 可曾听到

你那熟悉的驼铃声

梦驼铃 金驼铃

一趟趟的中欧班列

汽笛声声

霜降

一路飞驰 蜿蜒长龙

行进出好风景 架起友谊的彩虹

汽笛声 铃儿叮咚

穿越在千年草原的时空

肤色不同 心意相通

你我的记忆中

可有金驼铃

可有那悦耳的驼铃声

卜算子　立冬

红紫近无踪，
羞被黄花妒。
曾记春风吹面时，
恋恋难辞树。

南岭小阳春，
塞外鹅毛舞。
欲问冬来谁苦寒，
雪裹新梅处。

二十四节气诗词
友情赠题

凯文　作

立冬

冬日门槛上的张望

站在冬日的门槛上
我望见了秋
秋挂在树上
也跌落在这片片黄叶里
满身的伤痕
那是和寒风的搏斗
留下的印记
秋依然顽强
徘徊在冬的门口

冬日来了
和秋握着手
多情的日子
有满地的黄叶铺就
寒风吹过
飞扬的枝条
是和秋告别
还是和冬挥手
霞光里
初冬竟有些许的温柔

立冬

和秋说一声再见

秋来了
秋又走了

当你觉得时光大把的时候
时光的脚步从未放缓

秋来的时候
带着春天的孕育
苦夏里的生长
那累累的果实里
填满了秋的心意

你可和我一样
看见了秋色里的多彩
嗅见了秋色的甜香
在秋的怀抱里有过忘我的陶醉

杯酒敬岁月
◆

秋走了
它把一树的彩妆
慢慢地交付蓝天
交付生养的大地
无怨无悔

秋是潇洒的
它拥抱着时光
抖一抖满身的负累
走入一种从容

我和秋道一声再见
相约再看你百看不厌的风景

立冬

霾　天

霾又要不请自来
盘踞在京城的上空
最烦这看得见的烟雾弥蒙
把城市变得压抑
使人不敢畅快地呼吸
霾也太没自知之明了

这时候人们念叨起了风
风的缺席
才使霾得以形成
要是风在
它会抡起大而无形的扇子
无情抽打霾的身影
风的努力
还给城市蓝天与清静
给风一朵大红花
把它选为劳模

等　待

朝霞等待着夜幕的渐隐
好为天空抹上一层七彩
雄鸡等待着黎明的微露
好唱起一出嘹亮的晨曲

春天等待着寒冬的告别
大地等待着冰雪的消融
天空等待着北归的大雁
喜雨等待着雨后的彩虹
心中等待着久盼的佳音
鸟巢等待着飞翔的倦归

星星等待着夕阳西下
好为夜幕缀满了光明
恋人等待着月上柳梢
好为人间续写着千古

立冬

归　家

阳光给了

鸟儿快乐的天堂

阳光也给了人奔波的动力

阳光坠成了夕阳

收敛了鸟的翅膀

夜幕徐降

伴随着满路的归家

家是温暖的牵挂

那点点灯光

何尝不是洒落的满天彩霞

盼归和归来的

都带着一份温暖

隐约听见

车窗里飘出的一首老歌

我爱这座校园

走进这校园
被美丽与生机围裹
银杏澄黄的叶子
在秋风里起舞
一棵棵挺拔的白杨
透射出伟岸的力
青松依然是绿油油的
陪伴着晚秋里
小桥流水
天鹅嘻戏
走进这充满活力的校园
洗去平时里的浮躁
潜心静气
书香里课堂上
飘荡着追寻真理的气息

立冬

我爱这校园

她的底色是红色的

发黄的老讲稿

沁润着大革命的硝烟

老校长站在黄土地的讲台上

纵论着共产党人的家国梦想

总设计师高擎着改革开放的旗帜

开启华夏大地勃勃生机

党校十九讲

语重心长

新时代的新思想

引领着民族伟大复兴的铿锵梦想

走进这校园

就走进了一座思想熔炉的殿堂

杯酒敬岁月
◆

我爱这斑斓的校园
绿色和红色在这里交融
传统和现代在这里碰撞
中外文明在这里互鉴
治国理政智慧的河流
生生不息源远流长
教学相长
学学相帮
陶冶情操坚定信仰
就像这挺拔的大树
在这校园的沃土里
汲取奋发前行的力量

立冬

情有多长
(歌词)

谁知道

情有多长

天有多高

请看看咱的爹

再望望咱的娘

爹娘的眼睛里

装着情长

慈祥的目光

就在你的身上

天涯海角

也把你眺望

心里梦里

把你装上

谁知道

情有多深

地有多厚

请看看咱的爹

再望望咱的娘

目光里藏着温暖

温暖儿女的心房

一句句叮咛

一碗碗热汤

满眼的儿女事

却把自己忘

心里梦里

盼你安康

（副歌）

流走的时光

改变了爸妈的模样

你的白发和皱纹

藏着几多情

几多惆怅

天会老

心未老

真情

随你奔走咫尺海角

父母儿女这份情

永远不会老

永远不会老

人民兵工

（歌词）

我们是战士

修枪造炮

战场的硝烟

耳边的号角

赤胆忠心 热血在燃烧

战场上的需要就是我们奋斗的目标

白手创业 心灵手巧

一切献身前线

献身党需要

我们是战士

名字叫兵工

自己的武器

我们自己造

青春热血 热血在燃烧

强军报国就是我们的目标

军民融合 铁甲盾牌

共和国的根基

我们筑牢

（副歌）

啊 人民兵工

烽火铸造

共和国的军功章

有我们的荣耀

富国强兵 捍卫和平

人民兵工 我们自豪

立冬

四季歌

春

如妙手欲绘的丹青
先画上破土而出的小草
再描绿风中摇曳的柳梢
迎春花 杏花 桃花
次第开放
撒娇般争奇斗艳
天上风筝唤来小鸟
自由欢叫
拨动春的旋律

春　人的童年
天真烂漫
赤子般欢愉
赤子般成长

夏

夏天的夜

流星雨频频的时节

蛙鸣蝉叫里

能听到小麦生长的声音

恋爱时光

情感飞扬

空气中弥漫着躁动的味道

夏　人的青年

朝气勃发

幻想与欲望交织

无拘无束

秋

红色抹上了天穹

那是收获的底色

累累的果实

缀满秋的枝蔓

默默无言

发散出诱人的气息

秋天是静美的

立 冬

红 包容了一切

秋　人的中年
从里到外
流露出浑然一体的美感
潇潇洒洒

冬

西伯利亚的风
收走了最后一片黄叶
如同一场大戏将合上帷幕
空阔的舞台
依然有精彩
恰似大雪飘落
将大地万物遮盖
冬 哼着沉寂的歌
将锋芒敛起
等待新的孕育

冬　人的暮年
看透了世事变幻
一切归于恬静
等待下一个轮回

忆王孙　小雪

无时雨雪正交加，

且借归鸿试肃杀。

剩有残红恋旧家。

有湖鸭，

还作春时觅小虾。

轻寒不挡透窗纱，

把盏炉边暖红茶。

自在寒梅破雪发。

念天涯，

椰弄丝弦唱雪花。

二十四节气诗词
友情赠题

凯文　作

小雪

寒冬里的生命

寒风瑟瑟
吹来的是冬的身影
裸露的枝条
飘零的落叶
显出冬的淫威
一朵顽强的花
点燃了生命的活力
令人在凋敝中
看见了不息的力量
满地枯黄里
一曲生命的别样乐章

夜访黄姚古镇

一弯明月

陪着远来的我

走进岁月斑驳的古镇

千年的古榕树下

我无声地问

探寻着

无声地答

小桥伴着流水

青山陪着小镇

一曲千年的歌谣

回荡在这静谧的夜空

孔明灯从青石板铺就的街面升起

映照着幽幽的包浆

脚下经过的

何尝不是曾经的过往

抚摸着街巷的一砖一石

仿佛触摸着悠远的时光

悄悄地我和小镇话别

留下一番别样的思绪

杯酒敬岁月

感恩遇见

是什么样的机缘
才遇见了这样的斑斓
在匆匆的行程中
望见 遇见
为心田种下一份欢愉
我希望你也看见
你也听见
望见一份别样的美好
听见一份真挚的祝愿
生活可能有起有落
遇见真情
让斑斓的彩霞永驻心间
感恩遇见
相惜相投就是美好
就是一份不可求的缘

厦门金鸡节纪事

鹭影翱翔山海间
金鸡和鸣异彩添
人间千重悲喜事
光影折射红绿蓝
影人盛世喜聚首
杯酒豪情诗百篇
天朗星辉映明月
凯歌高奏胜从前

访黄姚有感

黄姚访古意绵绵,
巷户人家挑酒帘。
喜见榕浓还蔽地,
欣闻翁老尚耕田。
小桥善解水流意,
访客难猜联里言。
欲躲事俗寻静地,
客家小住赛神仙。

小雪

七律·登太行印象

巍巍俊秀入云天,
座座青峰散紫烟。
朝雾游移遮望眼,
晚风拂拭润心田。
人来咏叹百花艳,
客去犹说众果甜。
极目苍山满胸臆,
归来煮酒作诗篇。

寻找属于自己的那颗星星

天上许多星

有一颗星是我

它和群星一起闪烁

点亮整个夜空

我抬头望星河

寻找哪一颗星是我

星星闪烁

一定有颗星是我

小时候望星空

听祖母说星星

每人都有一颗星

对应

那时起

我就想知道

哪颗星是我

小雪

时光的力量

一杯酒
一杯陈酿
它的香
蕴藏在时光里

时间打磨着
芳香的味道
咂一咂
然后喝下
香遍乾坤

一粒沙
一抹微尘
时光
不舍昼夜
星转斗移

风吹过
抹平了
点点滴滴
沙子越来越多了
堆成了沙滩

双雁儿　大雪

晓来未见雪纷纷，

倦叶在，

恋枝吟。

却疑节令又饶人，

夏无踪，

有秋痕。

远山青影长精神，

岭上柏，

掩寒云。

莫言白雪此难寻，

待春归，

化雨魂。

二十四节气诗词
友情赠题

凯文　作

大雪

大雪

冬日里的生命

风
忽大忽小地吹着
寒意袭人
光
若隐若现地照着
日夜更迭
生
在冬日的萧瑟里
未曾停歇
只要有光
有空气和水
长
就是不可避免的
歌
要唱
就唱给生长
唱给坚韧
唱给冬日里的力量

念叨冬天的雪

过了小雪 大雪的时节
还不见雪的踪影
雪有些金贵
抑或太矜持
北方冬天里无雪
怎一个无趣了得

于是 就想有雪的童年
想起飘飘洒洒的浪漫
和雪花纷扬带起的喜悦

我喜欢雪
和你喜欢雪的感觉一样
雪下得大了

天地都成了雪的世界
扛一把铁锹
在冰冷中铲雪
认真得近乎单纯

雪是冬天的精灵
正如百花在春天起舞
在厚厚的雪地上
留下一串串印记
堆砌种种欢喜

在无雪的冬天里
于是盼雪
这本来寻常的要求
显得奢侈

夜的故事

夜给了我笼罩起来的空间
躲在里面
开始构筑自己的世界
我不孤寂
因为这有限的时空里有你
也难怪
和你分享成了一种本能

春天里的花和秋天里的果
谈着滔滔不绝的热恋
夏天里飘忽而至的雨
变成了冬天的泛白的诗句
夜让我放飞
也让我沉醉
好像在广袤无垠的草原
闻着花香纵缰驰骋

且行且珍惜

一年的光影很长
日起月落中
聚起倏然而逝的分秒
来不及感慨
又将面对辞旧迎新

一辈子的时光很长
看看稚气可爱的幼童
望望弯腰驼背的长者
用不着叹息
生命之树在轮回里长青

眼前的路很长
迈开腿前行
多长的路都在变短
用不着说日子多难
日出日落
时光永不停歇

人生驿站

每一年的年末
是生命中的驿站
从春天冒出的嫩芽
变为寒冬覆盖下的落叶
万物在季节转化中完成轮回
酸甜苦辣
唯心自知
一样的出发
不一样的到达

人生
一站赶着一站
日月交替里
有多少
欢笑 泪花
看天地苍茫
心绪浩荡
有时候
需要停下来望望星空
来一场舒心的醉

写给甘肃

举目远望
茫茫祁连
浩浩大漠
黄河奔涌
雪遮草原
一幅壮阔的风景
醉了审美的眼

听 悦耳的驼铃
在不远处回响
看 曼妙的飞天
反弹出怎样的飘飘欲仙
叹一曲阳关送别
揉碎了多少离恨衷肠

大雪

在这里寻曾经的沧海
在这里悟世事的变迁
在这里看天地的大美
在这里听醒世的臻言

一碗热乎乎的拉面
蕴藏一方水土的精华
一只小小的羊皮筏子
曾载过多少激浪险滩
当一回河西的汉子
把高傲的脊梁挺直
向天地大吼
河西走廊
我的壮美家园

想念是一种乡愁

闯荡在外
想念是一种乡愁
离乡越久
故乡越在心里头
一个恍惚
一个梦境
就回到了懵懂的年少时候

大雪

闯荡在外

想念是一种思绪

它就像天上飘来的云

游荡着

追随着风的流向

一杯闲茶

一口薄酒

滋味里

都会涌来

想念的乡愁

瑞鹧鸪慢　冬至

无风无雪看霜天,

鸦衔黄叶到窗前。

远眺青山,

千里萧萧木,

一段松枝一寸寒。

不惊冬至风吹骨,

阴阳冷暖人寰。

遥知岭上梅红,

不信寒无际,

自安然。

已有迎春到枕边。

二十四节气诗词
友情赠题

凯文　作

冬至

冬至随想

太阳斜斜地照过来
从南边的天际
无形的力拍了拍它
告诉它即将的归程

宇宙是这样神奇
先人是如此智慧
谁开启了神秘的大门
让奥妙变成了知识

在冬至这样的时节
突发的奇想
化成了诗行
让心里奔涌出感动

流动的光影

光投下影子

影子是流动的

丈量着春夏秋冬

影子里步履匆匆

那是生活驱赶着的节奏

不能懈怠

不能彷徨

行走要挺胸抬头

时不时还要在清空的夜

寻找属于你的星星

大街上的车

划出的一道道钢铁洪流

告诉你所处时代的速度

光影里嫩芽变成苍翠

又零落成一地枯黄

杯酒敬岁月

端一杯茶
品品滋味
琢磨光影的流动

天马行空的思绪
和着急急而来的寒风
这几天大街上真冷

冬至

跳动的流年

我愿意
流年是跳动的
而不是一条直线
就像有旋律的音符
弹奏出岁月的歌

在辞旧迎新的当口
盘点下行囊
扔掉臃余的拖累
掸一掸旅程中的尘
潇洒地面对日落日出

熙熙攘攘的世界
纷纷杂杂的生活
锅碗瓢盆的交响
柴米油盐的烟火
人生路上
直面你我的酸甜苦辣

我愿意

太阳每天都是新的

照耀着苏醒了的生命

年轮增长

丰厚了阅历和勇气

而心灵却像青春般脉动

握着 2018 的手

转瞬间

就将迎来 2019

岁月流年

开始一段好时候

冬至

诗在哪里

诗在哪里
诗在我的思绪里
思绪变成文字
就是看得见的诗
其实诗是很多的
能写出来的只是诗的形式

杯酒敬岁月

◆

诗在哪里
诗在生活的酸甜苦辣里
也许生活的重负压抑了诗情
就像时不时的重雾霾
逼人压抑着呼吸
诗就在那里
它会流淌出来的
就如同这从淤泥里长出来的荷

冬至

时光的脚步

走在这样的街道
盘点时光的荏苒
在新旧交替的节点上
挥手告别不舍的岁月
期待新的来临
把缺憾留给过去
太阳升起
生命就是一曲不息的歌

时光的脚步
不急不缓
它有自己不变的节拍
时光老人是公平的
给予我们的不多也不少
在时光面前
我们无可抱怨

杯酒敬岁月

从同一起点走向
同一的终点
一分一秒也不会少
时光里有春夏秋冬
时光里有欢笑和泪水

拥抱时光
牵起时光的手
编织属于我们的梦想
让时光充实
让时光安详
让时光有高贵的灵魂
时光的列车上
你我有缘
共度这一段时光之旅
想想都让人欣喜

上党啊　上党
《上党战役》主题歌

上党啊上党

一个美丽的地方

高天厚土 鱼米飘香

巍巍太行 挺拔险峻

那是上党儿女的脊梁

上党啊上党

你的英名传扬

为了保卫胜利果实

上党军民 个个好儿郎

针锋相对 寸土不让

针锋相对 寸土不让

上党啊上党

你的英名远扬

解放的烽火 这里点燃

解放的洪流 势不可挡

为了民族的希望

针锋相对 寸土不让

杯酒敬岁月
◆

上党啊上党

美丽的地方

对你的爱不变

把你的美名传唱

歌声响彻黄河响彻太行

响彻在华夏儿女的心上

晨曦里的心愿

一缕晨曦
爬上窗
告诉我
新的一天晴朗
困顿 困难 新冠
把它们打包
留给昨夜的黑暗
新的一天
新年的起点
我愿
希望带来欢欣
随阳光放出五彩斑斓
我愿
手拉手肩并肩
世界少些磨难
我愿
人间爱绵绵
无惧寒流凛冽
我愿
隆冬里生命不息
孕育期待中的春意盎然

月光　架起桥梁

月光洒满我的窗

搅动我的心房

桂花香 菊花黄

掩不住 思绪飘远方

那里有你 天隔一方

山迢迢 路茫茫

你我抬头望

同一个月亮

不同的方向

只要你安康 无恙

华灯初上的晚上

月亮闪着银光

你我望着天上

星光伴着月亮

冬至

你要去远方
怀揣梦的向往
我淡淡的忧伤
在心里生长
远方的你可和我一样
对着月光叹望

月光月光
温柔的向往
架起彩虹 插上翅膀
让远方的人回到家乡
回到我的身旁

添加了时光的酒

把时光添进酒里
慢慢地品味
豪爽地一饮而尽
不同的人
不同的心境

时光是寻常时光
酒是往常的酒
不同的人
不同的时刻
添加在一起
味道却不一样了

冬至

对着酒杯
低头端详
酒里
有青春的容颜
有暗生的白发

酒还是一样的烈
但禁不住时光的绵绵柔情

喝了吧
这种添加了时光的酒
能让你神采奕奕
忘记岁月的模样

唐多令　小寒

北望雪如绵，

白银一色天。

渺渺鸦，

影瘦声单。

人道小寒无生气，

岭头绿，

有松杉。

不忘柳缠绵，

冻枝立似闲。

任朔风，

空过平川。

拂落银花肩不冷，

千里目，

越重山。

二十四节气诗词
友情赠题

凯文　作

小寒

小寒

冬日里的树

寒风吹走了

你最后的一片叶子

没有忧伤

没有叹息

你裸露的枝干

伸向天空

构筑成最美的天际线

我早想把你写进诗里了

在萧瑟的季节里

你那刚劲的枝条

何尝不是一幅顽强的风景

冬天来了

我注意到了你

寒风肆虐

你扔掉了多余的华丽

把生命的力包融在坚硬的枝条里

深扎在护你养你的泥土里

你知道它会给你温暖和滋养

支撑你

让你在寒冷的世界不再孤寂

春天不远了

我看见了你生命的勃勃孕育

川流不息

医院里 熙熙攘攘
看病的进来
看完的出去
走马灯般川流不息
只要还吃五谷
这里的景象
会日复一日地繁忙

大街上 熙熙攘攘
车人如蚂蚁般川流不息
劳心或劳力
重复着朝九晚五的节奏
喜怒哀乐
循环往复

生命交替 暑来寒往
春日的葱绿
秋天的金黄
只要生机还在勃发
大地苍天间
就永远有生命的乐章

诗与珍珠项链

捡起中意的文字
把它变成诗
送给惦记着我的人
世界那么大
有人真心地对你
是该感激地予以回馈
这诗就是礼物
愿读到的你有一份温暖
融化心间的世态炎凉

我也遐想
文字变成了一颗颗珍珠
岁月就是那串珠子的线
你受得起这美丽的项链
因为你的善良和爱
就是一道美丽的雨后彩虹
它驱走了风雨
装点着有些残酷的世界
你的美
我知道
因为我的诗中有你

小寒

走在有历史的街道

走在这样的街道
心中有些敬畏
它的古老
带着时光的包浆
看一看
每一个砖缝
似乎都凝固成了历史

今天的阳光
被轻雾遮掩
一种朦胧
一种静谧
让我和历史
有了触摸的感觉
静静地走着
不愿被打扰

特别的祝福给你

我要把特别的祝福给你
因为你是特别的
在芸芸众生里
你有不一样的光环

特别的祝福给你
是要你鼓起特别的希望
不管世事再难
每天都是新的开始

往前走
抖擞起精神
只要你不倒
没人能奈何你

我总爱说
冠冕堂皇的话
这些话我觉得有理
所以絮嘴似的唠叨

月圆了
请在众多的祝福中
辨别出我的
有些不一样

小寒 ◆

你走进了我

你走进了我
我走进了你

你指指我的心跳
我嗅嗅你的气息

你说喜欢天空
像蓝色的大海

我说迷恋大地
穿起多彩的羽衣

你笑了
我也笑了
心和心相通
没有距离

杯酒敬岁月

你走进了我
我走进了你

你说喜欢我的思想
信马由缰
我说欣赏你的单纯
清澈如洗

你说
听生命的歌在唱
我说
和声里
有我也要有你

小寒

酒的自言自语

酒是火焰

它沉淀了时间孕育的力

粮中的能量散落在一滴滴的酒里

成为好儿女的胆量

喝下的是酒

喝下的也是一团火

由内而外的燃烧

让生命更鲜活

酒逢知己

说的不是酒量

是话语思想的投机

在一个频率共振点上

酒不再是酒

而是交流理解的媒介

端杯

只和理解你的人

朋友是简单的

遇见了
对眼了
互相赏识了
有种惺惺相惜了
他或她
就成为你的朋友

朋友
是简单的
简单到不用太多的言语
你说了半句
他或她
就明白了你的语意

小寒

朋友
在一起是开心的
平常平凡里
都蕴藏着快意
倒不是没心没肺
只是他或她相处
本身就很快乐

朋友在眼前
好好珍惜
朋友在远方
远的也仅仅是时空距离

晴空下的雕像

如此的晴空
如此的白云
如此的明媚
映照的是美丽
映照的是梦境
映照的是奢望

虽历经寒暑变幻
虽历经风雨侵蚀
虽历经斑驳岁月
依然傲然屹立
依然坚守如磐
依然高大尊贵

小寒

放眼辽阔的天
放眼心中的远
放眼梦的绚丽
一样不变的坚守
一样不变的前行
一样单纯的初心

后庭宴　大寒

风助雪横,

冰蒸寒气,

谁家迟雁南飞去。

岁晚犹有欢喜鸦,

声声不管空山寂。

从容雪落衣襟,

悦目素妆千里。

望梅一树,

朵朵春消息。

细柳燕藏时,

新花香满地。

二十四节气诗词
友情赠题

凯文　作

大寒

大寒逢月圆

月亮又圆了
看着腊月里
这最后慢慢圆起的月
心中涌起故人吟月的诗句

一年又要过去了
大寒凛冽的时节里
月好像分外地多情
望月的人也被月望着

一种淡淡的惆怅
一种别样的心情
恰如这月慢慢地圆
而后这月慢慢地缺

大寒

心怀光明

阳光下
它开得多旺
让人看着
就心生喜悦
天性注定花开灿烂
即使遭遇干旱贫瘠
也不丧失生长的勇气
让根深扎大地
汲取营养
支撑起满身苍翠
并怒放出独有的彩姿
心怀光明
才会这样坦荡无拘

珍惜眼前人

世界很大
世界也很小
世界的大小
取决于你观看世界的视角

时间很多
时间也很少
有时候想想时间
感受时间里的日月穿梭
青春和年老

熙熙攘攘的人很多
进去你心里的很少
珍惜身边和眼前的人
他（她）们在
你的世界才不缺遗憾

节就该这样烟火气

选一处山
择一汪水
带上家人
约三五知己
佳节里的友情
陶醉心扉

山水里散落着
汉唐古风
山水里回荡着
唐诗宋韵
大江明月
捧出香甜的美酒
一小口
就醉了心情

炒几个拿手小菜
沏一壶喜爱香茶
节就该这样热闹
就该这样烟火气

烟花礼赞

心中的情感
就像这绚丽的烟火
一飞冲天
它浓缩了百年的炙热
百年的苦难
百年的牺牲
百年辉煌的梦
砸碎贫穷 愚昧
用血与火换来
浴火重生新世界
烟花里你可曾看见

大寒

一代代人的苦难奋争

一代代人的热血与牺牲

为梦失去的无数的生命

都在这绚丽中绽出笑容

赞叹这灿烂

感叹着壮观

这是跨过怎样的坎坎坷坷

历经怎样的锤打历练

才有了这光彩的自由奔放

继续向前 挺起腰杆

为东方的巨龙

真正醒来

年　味

年味是

母亲对游子的期盼

是阖家相离后的团圆

年味是

父亲书写的一副春联

是藏在心中的祈愿

年味是

儿时燃放的鞭炮

是对岁月的回首慨叹

年味是

一缕点燃的香火

绵延着对先人的思念

年味是

一桌拿手的饭

滋味里融进的团圆

年味是

奔波忙碌的身影

脚步中的乡愁谁人能懂

花开吉祥

大寒

花开了
开在迎新年的当口
一种喜悦
一种祝福
一份欣慰
花不负时光
不负期待
它默默地盛开
开给养花懂花的人

花是有情的
它静守着流逝的日子
拥抱阳光
积蓄能量
自由自在地生长
时节到了
就怒放自己的生命乐章
年来了,花开了
何尝不是一种祝福
一种吉祥

岁月在这儿

岁月悄悄地来
岁月悄悄地去
迎来东方的启明
送走落日的余晖
岁月在这儿
如滔滔江河
奔流不息

岁月在这儿
有苦难心酸
有奋争呐喊
有血染的风采
有激情的奋斗
有发自内心的欢笑
有生活中难忘的点滴的改变

大寒

岁月在这儿
是一面镜子
映照出渐变的容颜
从黑白到彩色
从青春到年老
几代人的接续砥砺
让祖国母亲
挺起腰杆屹立于东方

后记

岁月是什么？岁月是 2500 多年前，孔子面对滔滔东去黄河的感叹："逝者如斯夫，不舍昼夜。"

岁月是唐代诗人李白悲怆的沉吟："高堂明镜悲白发,朝如青丝暮成雪。"

岁月是 1963 年毛泽东在诗词里豪迈的抒怀："天地转，光阴迫，一万年太久，只争朝夕。"岁月是眼下的四季流转，春华秋实。

每个人，或伟大，或平凡，在岁月面前都是平等的，从生到死，无一例外。每个人都有对岁月不同的感受，只是表达的方式不一样。

在琐碎悲欢的生活中发现诗，在天地四时的流转中发现美。这是我生活的信念。

这信念促使我把文字写在本子上、敲在电脑中,写在网络软件"美篇"里。

一个偶然的机缘，让这本凝聚了我对岁月和人生思绪、情怀的文字以这么优美的方式呈现在你的面前。

感谢研究出版社的社长赵卜慧和责任编辑张琨女士，在现代诗已不是出版主流的今天，能以细腻的、专业的眼光，发现本书的出版价值。张琨女士还以"汩汩泉涌"的才华和经验，帮我敲定书名，邀请才华横溢和极具专业的美术编辑进行精心编排设计。给我最初看的几页设计就显示了他们的艺术眼光和匠心独具。

感谢凯文先生，他是我国广播电视界高层领导，本是我极为尊敬的领导和师长，2020年在前往云南临沧参加亚洲微电影节途中，他和我谈起了格律诗词的写作。交谈中，得知我写现代诗，让我发给他一些诗看。很快他发来"很不错。你的作品是真情实感的流露，没有矫揉造作、无病呻吟之嫌，行文走笔很干净、流畅，没有滞涩感、用力感"的评价。希望我创作更多的好作品，并发来写作格律诗词的几篇文章，鼓励我尝试写些格律诗。凯文先生在格律诗词的造诣上功底深厚，他的诗作遣词用字极为精准，意境营造极具匠心。时常发来的诗作让我打心眼儿里叹服。当我的责编提出用二十四节气的方式编排书稿时，我立即想起了凯文先生在每个农历节气都会发来的节气诗词，如果能以这独具匠心的二十四首节气诗词，作为每个章节的题诗，那是怎样的机缘和运气呀。晚上十点多了，我冒昧拨通了凯文先生的电话，听明请求，他欣然应允，第二天就以"给本敏"的文件包发给了我。使我的诗作在每一章节有了典雅、优美的格律诗词的引领，给本书增添了品位，给读者增加了美的享受。

感谢作家网总编辑赵智先生，他是我的知音，在作家网发表我的诗作，在蒙古风情文化园和蒙古大营里，请我和朋友们品尝地道的蒙餐，享受大口吃肉、大碗喝酒的豪放。他欣然应允给我作序，既为诗歌，也为友情。他自己也特别喜欢写诗、评诗。

感谢我的同事和朋友的肯定和鼓励，每次在朋友圈和微信里发表我的新作，总能收到点赞、玫瑰花和言简意赅的评论，那种温暖是一种心底里的享受。郑子先生酷爱写诗、工作和创作都极其勤奋，他和许峰对我的诗作勉励有加，并在《风筝风筝》一书的出版小聚上，让我鼓起勇气，开始本书的出版准备。感谢赵苹女士帮我整理诗作并进行文字版本的转化，她的辛苦也凝结在这本书的编辑过程里。

  感谢我的家人和挚友,在柴米油盐的生活里,在喜怒哀乐的时光里,让我有了家,有了温暖和陪伴,也有了面对岁月萌生的诗意。

  很多朋友都喜欢喝酒。《增广贤文》有诗曰"醉里乾坤大,壶里日月长"。让我和你举起酒杯,向往日以来的岁月致以敬意。干杯!朋友!

2021 年 12 月 19 日

图书在版编目（CIP）数据

杯酒敬岁月 / 阿敏著. -- 北京：研究出版社，2022.3
ISBN 978-7-5199-1219-2

Ⅰ. ①杯… Ⅱ. ①阿… Ⅲ. ①诗集—中国—当代 Ⅳ. ① I227

中国版本图书馆 CIP 数据核字 (2022) 第 034708 号

出 品 人　赵卜慧
出版统筹　张高里　丁　波
责任编辑　寇颖丹　张　琨

杯酒敬岁月
BEIJIU JING SUIYUE

阿敏 著

研究出版社 出版发行

（100006 北京市东城区灯市口大街 100 号华腾商务楼 5 层）
北京汇瑞嘉合文化发展有限公司　新华书店经销
2022 年 4 月第 1 版　2022 年 4 月第 1 次印刷
开本：787 毫米 × 1092 毫米　1/16　印张：22
字数：120 千字
ISBN 978-7-5199-1219-2　定价：69.80 元
电话（010）64217619　64217612（发行中心）

版权所有·侵权必究
凡购买本社图书，如有印制质量问题，我社负责调换。